共和国故事

共享成果

——国务院颁布全国年节及纪念日放假办法

陈栎宇 编写

吉林出版集团股份有限公司

图书在版编目（CIP）数据

共享成果：国务院颁布全国年节及纪念日放假办法/陈栎宇编.——长春：吉林出版集团股份有限公司，2009.12

（共和国故事）

ISBN 978-7-5463-1917-9

Ⅰ．①共… Ⅱ．①陈… Ⅲ．①纪实文学－中国－当代 Ⅳ．①I25

中国版本图书馆CIP数据核字（2009）第237739号

共享成果——国务院颁布全国年节及纪念日放假办法
GONGXIANG CHENGGUO　　GUOWUYUAN BANBU QUANGUO NIAN JIE JI JINIANRI FANGJIA BANFA

编写　陈栎宇	
责任编辑　祖航　宋巧玲	
出版发行　吉林出版集团股份有限公司	
印刷　三河市嵩川印刷有限公司	
版次　2010年1月第1版	2022年1月第8次印刷
开本　710mm×1000mm　1/16	印张　8　字数　69千
书号　ISBN 978-7-5463-1917-9	定价　29.80元
社址　吉林省长春市福祉大路5788号	
电话　0431-81629968	
电子邮箱　tuzi8818@126.com	
版权所有　翻印必究	
如有印装质量问题，请寄本社退换	

前　　言

　　自1949年10月1日中华人民共和国成立至今,新中国已走过了60年的风雨历程。历史是一面镜子,我们可以从多视角、多侧面对其进行解读。然而有一点是可以肯定的,那就是,半个多世纪以来,在中国共产党的领导下,中国的政治、经济、军事、外交、文化、教育、科技、社会、民生等领域,都发生了深刻的变化,中国人民站起来了,中华民族已屹立于世界民族之林。

　　60年是短暂的,但这60年带给中国的却是极不平凡的。60年的神州大地经历了沧桑巨变。从开国大典到60年国庆盛典,从经济战线上的三大战役到经济总量居世界第三位,从对农业、手工业、资本主义工商业的三大改造到社会主义市场经济体制的基本确立,从宜将剩勇追穷寇到建立了强大的国防军,从废除一切不平等条约到独立自主的和平外交政策,从"双百"方针到体制改革后的文化事业欣欣向荣,从扫除文盲到实施科教兴国战略建设新型国家,从翻身解放到实现小康社会,凡此种种,中国人民在每个领域无不留下发展的足迹,写就不朽的诗篇。

　　60年的时间在历史的长河中可谓沧海一粟。其间究竟发生了些什么,怎样发生的,过程怎样,结果如何,却非人人都清楚知道的。对此,亲身经历者或可鲜活如昨,但对后来者来说却可能只是一个概念,对某段历史的记忆影像或不存在,或是模糊的。基于此,为了让年轻人,特别是青少年永远铭记共和国这段不朽的历史,我们推出了这套《共和国故事》。

《共和国故事》虽为故事,但却与戏说无关,我们不过是想借助通俗、富于感染力的文字记录这段历史。在丛书的谋篇布局上,我们尽量选取各个时代具有代表性或深具普遍意义的若干事件加以叙述,使其能反映共和国发展的全景和脉络。为了使题目的设置不至于因大而空,我们着眼于每一重大历史事件的缘起、过程、结局、时间、地点、人物等,抓住点滴和些许小事,力求通透。

历史是复杂的,事态的发展因素也是多方面的。由于叙述者的视角、文化构成不同,对事件的认知或有不足,但这不会影响我们对整个历史事件的判断和思考,至于它能否清晰地表达出我们编辑这套书的本意,那只能交给读者去评判了。

这套丛书可谓是一部书写红色记忆的读物,它对于了解共和国的历史、中国共产党的英明领导和中国人民的伟大实践都是不可或缺的。同时,这套丛书又是一套普及性读物,既针对重点阅读人群,也适宜在全民中推广。相信它必将在我国开展的全民阅读活动中发挥大的作用,成为装备中小学图书馆、农家书屋、社区书屋、机关及企事业单位职工图书室、连队图书室等的重点选择对象。

编 者

2010 年 1 月

目录

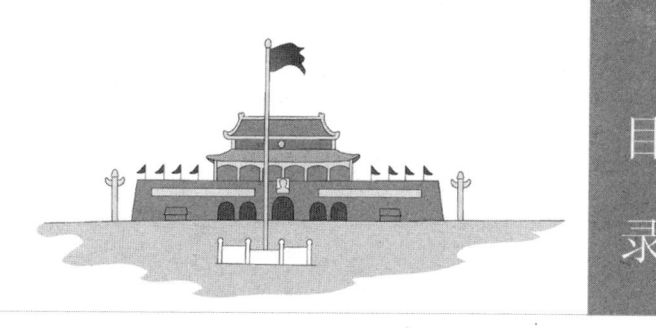

一、决策前后

发布节假日放假办法/002

各界人士提出调整建议/005

假日改革课题组进行调研/008

就调整方案征求社会意见/013

分析研究解答公众意见/016

民众欢迎传统节日放假/022

公布《职工带薪年休假条例》/025

国务院发出节假日通知/029

节假日调整使旅游业受益/033

保证调整方案顺利实施/036

二、组织活动

举办清明"仁义"经典诵读会/040

举办清明"孝·义"经典诵读会/043

开展清明节纪念活动/046

洪洞弘扬大槐树根祖文化/050

名人故居推出免费参观活动/053

端午风俗活动丰富多彩/055

目录

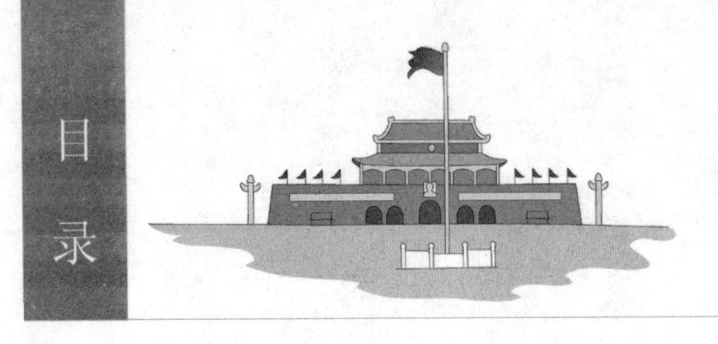

各地简朴新意迎中秋/061

三、黄金假日

黄金周让民众走近大自然/066

百草园自驾游/070

旅游景区干警情系游客/072

黄金周旅途趣事多多/074

桂林之旅感受愉悦意境/080

登括苍山高峰观日出/085

难忘的楠溪江源头之旅/088

旅后带着垃圾回家/091

冒险攀越正江山岩壁/093

黄金周促进市场繁荣/095

清明节唤起青年人感恩心/097

长假心理走向成熟/100

邯郸站黄金周强化措施/103

黄金周东航服务更感人/105

黄金周旅游消费平稳增长/109

黄金周休闲理念逐渐成熟/111

千里铁路线爱民故事多/115

一、决策前后

- 2007年11月,清华大学假日制度改革课题组提出建议,增加部分传统节日为法定假日,变集中休假为分散休假。

- 2007年12月15日,国务院办公厅发出通知,明确了2008年部分节假日的安排。

发布节假日放假办法

1999年9月18日,国务院发布了新修订的《全国年节及纪念日放假办法》。

办法中规定春节、劳动节、国庆节和新年为"全体公民假日",其中春节、劳动节和国庆节为3天,元旦为1天;还规定这4个属于"全体公民假日",如果适逢星期六、星期日,应当在工作日补假。

2000年,国庆放假开始。对国庆、春节和劳动节这3个节的休假时间进行了统一调整,移动节日前后的两个周末4天和法定假期3天集中休假,这样共计7天时间。

这样,春节、"五一"和"十一"法定休假3天,再加上调整的前后两个双休日,就形成了每年3个连续7天的长假,使中国人每年的法定休息日达到了114天。

每个长假掀起的旅游消费热,也逐渐成为我国经济生活的新亮点,被人们称为"黄金周"。

黄金周制度出现的动因之一,是在1998年东南亚金融危机的背景下,为了刺激消费,拉动国内经济,促进国内旅游而作出的举措。

中国人闲暇时间的增多,大大丰富了人们的生活内容。百姓的休闲消费能力在不断提高,用于餐饮、购物、旅游、健身、娱乐等的消费与以前相比大幅度增加。

"长假"的制定，主要目的是推动"假日经济"，通过长假启动内需、创造出一些新的需求。由于周末和节假日本来就是商业消费的集中时间，7天长假更是旅游出行、娱乐、消费的集中时段，相对于商家来说，媒体称为"黄金周"。

在1999年国庆第一个黄金周到来时，席卷全国的假日旅游热潮令各界人士始料不及。

长假期间名景名胜"爆棚"，交通"超负荷"，景区"超负荷"，服务"超负荷"……考验着每年的黄金周。自从有了黄金周，有关黄金周的问题似乎就没有断过。这大致有以下几种：

一是景区生态遭受巨大破坏。景区人满为患，必然带来景区生态环境的巨大破坏，如在旅游景区修建宾馆饭店，该绿化的地方变成道路，该种植被的地方改成了游客休息场所等。黄金周在给景区带来经济效益的同时，也有对景区生态的破坏，从长远看，是赚是赔，一目了然。

二是交通隐患随处可见。在张家界武陵源风景名胜区，每天就有21趟列车、近40个航班、约1800辆旅游大巴围着"团团转"，可见交通之拥挤、交通之超负荷。交通拥挤，带来的可能只是抱怨，但交通超负荷，带来的则可能是安全隐患。

三是服务水平严重下降。服务质量再高的旅游景区、宾馆饭店、交通运输行业，再优秀的工作人员，在如此超负荷的环境下，也难以提供高质量的服务，甚至连最基本的服务也难保证。在黄金周期间，几乎所有的旅游业、交通运输业，都面临这一难题。

四是假冒伪劣现象频发。一方面，在一些严重超负荷的旅游景区，不法商贩趁着游客数量众多，十分拥挤，趁机销售各种假冒伪劣产品，损害消费者利益；另一方面，许多商场、商店也趁机打出打折、返券等口号，销售假冒伪劣产品，牟取非法收益。

五是乱涨价现象严重。每年的黄金周，一些景区、交通运输、服务等行业，往往都会趁机涨价，有的甚至还会大幅涨价。

黄金周存在的问题还有很多，社会上关于改革黄金周的呼声很高。

对此问题，有关部门也讨论要取消其中的两个长假，但由于争议过多而维持现状。但是，集中休假产生的各种问题并未消除，改变黄金周假日制度的努力仍在继续。

各界人士提出调整建议

2006年1月15日,北京市政协委员、国防大学教授岳忠强,在北京市政协十届四次会议上提出,北京应率先在端午、中秋以及元宵节等传统节日实行放假。

"过节的首要条件是时间。传统节日是重要的非物质性文化遗产,悠久的习俗和文化传统需要一个法定的假日来展示和传承。"岳忠强认为,北京作为中国的首都,应在保护传统节日文化方面做出表率,率先在传统节日里放假。

在政协会议上,多位委员都提出了类似的建议。政协委员、北京师范大学教授万建中说,经常听到有人抱怨,春节、元宵等传统节日的"味道"越来越淡,正在走向衰落。

当时还有媒体就"春节、中秋、圣诞节等10个节日中你最想过哪一个"作了一个调查,结果显示,春节排在第一位,其他传统节日也都排在前几位。

万建中表示,这说明人们从内心来讲非常重视传统节日,也越来越希望有足够的时间按照传统的方式,度过这些承载特殊文化含义的节日。

据悉,在传统节日"腊八"当天,北京各大商场超市的腊八米供不应求。

据业内人士介绍，元旦以后，腊八米就开始逐渐热卖，混合米一天能卖75公斤左右，是平时的10倍，枸杞、红枣、桂圆等的销量也随之增长很多。

另外，比如在2006年4月5日清明节这一天，却不是双休日，许多上班族请假拜祭或返乡祭扫很不方便。

为此，广州博物馆专家、广东省民俗文化研究会会员崔志民建议：将清明定为法定节日。

崔志民认为，这既是尊重传统，又能增强人们对民族文化的认同。几十年前，广州的小孩子最喜欢清明节。那时候，清明节可以跟父母去白云山祭祖，同时广州祭祖要求一族人都要到，每年清明，也是一个团聚的日子。因此，清明节在人们心里印象很深，也很神圣。

"这样的大节，一定要重视起来，我认为放假一到两天很合理，一家人可以集中祭祖，或者返乡祭扫，同时可以携孩子老人踏青游玩。"

崔志民说，在香港，清明、端午、中秋、重阳和春节都被列为法定节假日，因此他觉得，清明在内地也应该立为法定节日。

其实，从2004年开始，连续数年有人大代表和政协委员在"两会"期间建议，将传统节日设为法定假日。

中央有关部门开始统筹研究，是否将传统节日设为法定节假日。

人们普遍认为，传统节日是一个国家或民族历史文化长期积淀的产物，并成为民族传统文化世代相传的重要载体之一,其独具的全民参与的特点,决定了它在弘扬民族文化、构建和谐社会中有着不可替代的重要作用。

正是由于各界人士的积极参与,法定节假日的调整才被提上政府日程。

假日改革课题组进行调研

2007年11月7日,清华大学假日制度改革课题组新近的调查结果显示,实施了8年的黄金周制度,随着时间的推移,影响力正呈现出逐年衰退的趋势。

同时,其自身的弊端及由此而引发的各种社会问题正日益显现。课题组建议,增加部分传统节日为法定假日,变集中休假为分散休假。

从1999年国庆节开始,国务院修订了《全国年节及纪念日放假办法》,除了平时的双休日和元旦节日外,又延长了春节、劳动节、国庆节的放假时间,使得全年的公休假日达到114天。

春节、劳动节、国庆节的7天长假(每个节日法定假日为3天,通过上移下借两个周末,共计为7天)曾一度为市场带来每年3次消费热潮,旅游、餐饮等领域消费人数激增,交通运输一片繁忙。

专家认为,8年来,黄金周的设置功不可没。一年3个7天长假,使公民的休息权利得到了充分保障,为公民外出旅游、休闲提供了时间上的保证,也有效拉动了假日经济。

但黄金周对宏观经济的拉动作用到底有多大?到底该怎样看待黄金周?

从旅游收入方面看,虽然与同期相比,黄金周期间的旅游收入逐年呈不断增长趋势,但黄金周制度并没有对年旅游收入的增加起到显著促进作用。

课题组对近20年来我国年国内旅游收入统计数据的分析表明,1999年之后的旅游总体收入呈平稳略降的趋势,直观地说明了黄金周制度的引入,并没有对旅游总体收入的增加起到明显促进作用。

"进一步讲,黄金周期间旅游收入的增加仅仅是旅游消费的集中,是一种时间上的转移,对全年旅游收入的增加并无实质性的贡献。"课题组负责人、清华大学人文社会科学学院教授蔡继明说。

2007年"五一"黄金周期间,北京的一项调查结果显示,在有出游打算的被访者中,47.8%的市民选择北京市内及距北京市300公里之内的短线旅游,有17%的市民选择距北京300至800公里的中短途旅游,二者累计占总数的64.8%,只有19.3%的市民选择离北京1500公里以上的远途旅游。

从全国来看,如果选择短线旅游或中短途旅游的出行者越来越多,黄金周长假期存在的经济意义就越来越小了。

蔡继明说:"而由'假日经济'带来的各种经济成本和社会成本却逐渐增加,为了支持黄金周有效运转,我们所支付的直接经济成本和间接社会成本,恐怕要超过黄金周带给我们的利好。"

课题组认为，黄金周制度至少有四大弊端：

商家的短期成本剧增。商家为了能在黄金周期间大量销售产品，大量进货，积极促销。各种竞争在所难免，从而降低了商家的利润空间。而消费者在短期内集中消费，在一定范围内造成了供需矛盾，需求旺盛而供给有限，必然导致消费者所购买的产品和服务质量下降，消费者权益受损。因此，越来越多的理性消费者开始放弃出行或集中购物。

政府公共管理费用增加。为了应对黄金周期间可能出现的各种社会公共管理问题及各种突发事件，政府不得不额外投入大量的人力、物力和财力。全国各级政府也需要分派专门机构负责黄金周期间的社会监管机构，做好安全保障、信息服务、社会监管等工作，这占用了大量的政府和社会资源。

对自然景观和历史文化遗迹造成了破坏。黄金周期间，消费者大量集中出行，全国各自然景观和名胜古迹的接待能力面临严重挑战。大规模游客集中游览时，更会超出景区的负荷能力，对文化古迹的破坏力明显增强。

不利于政府、企事业单位和学校的正常运转。由于政府公务人员放假，政府的正常办公被停止，很多社会经济活动因此而中止。

在我国加入WTO后，我国各项制度需要与国际接轨，国际上通常的放假时间则安排在7、8月份。因为黄金周长假期的推行，企事业单位和学校都需要临时调整工作安排和正常的讲课安排,这一改动的成本同样是需要予以考虑的。

当然,黄金周的公共成本和经济效应只是问题的一个方面,而充分保障公民的休息权则是调整完善休假制度时必须重视的另一方面。

长假期制度的推行,为人们的长线旅行或探亲提供了机会。但从当时我国长假期制度所带来的各种收益和成本来看,成本大于收益,因此有必要对其作出有益的调整。

课题组认为,调整的思路不是改变现有假期的天数,而是在保证全年114个法定假日的基础上对其进行存量调整,适当取消一些长假,将由此产生的多余假日调整到其他时间,变"集中休假"为"分散休假"。

课题组建议:增加传统节日为法定休息日。增加清明、端午、中秋等传统节日为法定休息日,同时再增加除夕这一天为法定休息日。这一方案不仅是出于经济方面的考虑,更重要的是出于继承和保护我国传统文化、增进社会和谐的考虑。

"节假"分离,形成长周末制度。长假期改为短假期,并不是要否定"假日经济"的效应,而是要在保证假期的经济拉动效应的同时,消除集中的长假期的弊端。为此,在增加传统假日的基础上,在部分实行节假分离的同时,以长周末的形式,为广大民众提供更多的为期3天的短假期。

所谓节假分离，是指规定固定节日为法定假日，但放假的具体时间却不安排到当日，而是与周末放在一起连休，从而形成"长周末"。这一制度在世界上很多国家推行。

经过对 2007 年至 2036 年这 30 年间的清明节、端午节、中秋节、重阳节的日期进行推测分析，课题组发现，这 30 年间有 17 个清明、17 个端午、15 个中秋、17 个重阳排在了周五、周六、周日、周一这 4 天上，这样，就可以形成不固定的长周末，一年有 3 到 5 个长周末。消费者可以自由选择出行时间和消费时间，这样既保证了"假日经济"的拉动作用，同时又避免了集中休假的各种弊端。

蔡继明说，借助于圣诞节、感恩节、父亲节、母亲节等西方节日所蕴涵的文化与价值观，大量西方企业品牌进入我国市场。当全世界都在日益关注中国文化的时候，我国更应该以此为契机，本着保护本国文化遗产的初衷，确立传统节日为法定假日。

中国传统节日的恢复，必然促使一大批与节日相关的产品和企业品牌应运而生。

调查结果说明，法定节假日调整日趋成熟了。

就调整方案征求社会意见

2007年11月9日,国家法定节假日调整研究小组就《国家法定节假日调整方案》及相关说明材料,广泛征求社会意见。

在1999年,国家对原有的法定节假日安排进行了调整,形成了春节、"五一"、"十一"3个连休7天的长假。这种休假安排,为拉动内需、促进经济增长作出了积极贡献。但是,随着时间的推移和经济社会的进一步发展,现行放假制度也逐步暴露出了一些问题:一是缺乏传统文化特色;二是节假日安排过于集中;三是休假制度不够落实。

因此,一些全国人大代表、政协委员多次呼吁要重视我国现行法定节假日安排存在的问题,建议对现行法定节假日安排进行调整,社会上也有很多类似反映。

按照国务院的部署,为研究和完善国家法定节假日制度,国家有关部门组织开展了多方面工作:

一是开展专题研究。对我国现行法定节假日安排运行情况、经济社会影响及国际上一些国家和地区节假日和休假制度安排进行了比较系统的专题研究。

二是召开了多次座谈会,分别征求了全国和地方的一些人大代表和政协委员,中央和地方有关部门、社会团体，有关专家学者和部分企业管理人员的意见。

三是较为广泛地进行了民意调查。通过有关网站进行问卷调查，在部分城市进行了电话调查。

此次征求意见的调整方案的主要内容包括：

一是国家法定节假日总天数增加1天，即由当时的10天增加到11天。

二是对国家法定节假日时间安排进行调整：元旦放假1天不变；春节放假3天不变，但放假起始时间由农历年正月初一调整为除夕；五一国际劳动节由3天调整为1天，减少2天；十一国庆节放假3天不变；清明、端午、中秋增设为国家法定节假日，各放假1天（农历节日如遇闰月，以第一个月为休假日）。

三是允许周末上移下错，与法定节假日形成连休。

国家法定节假日制度调整方案体现了以下原则：与经济社会发展阶段相适应；有利于弘扬和传承民族传统文化；尽量减少对经济社会运行的影响和冲击；体现社会公平，让全体公民共享经济社会发展的成果；充分考虑到国民旅游需求。

国家法定节假日制度调整方案具有以下几个特点：

一是国家法定节假日总天数增加1天，由原来的10天增加到11天，使广大居民得到更多的休息时间。

二是增加清明、端午、中秋3个传统节日，增强了国家法定节假日的传统文化影响力，同时将春节放假的起始时间调整为除夕，更加符合广大群众的文化和生活需要。

三是允许周末上移下错,与国家法定节假日形成2个7天的"黄金周"(春节和国庆节)和5个3天的"小长假"(元旦、清明、国际劳动节、端午、中秋),增加了假日的次数,节假日的分布更加合理。

四是通过法定节假日的调整和职工带薪休假规定的同步出台,既可满足广大人民群众的旅游要求,又可有效避免因出行过于集中对社会和经济造成的冲击,降低交通、安全、市场、环境、企业经营的压力,有利于广大群众开展假日期间的各种活动。

五是国家同步出台职工带薪休假规定,为全面落实职工休假权利提供法律保障,使广大职工可以更加人性化地安排家庭及个人生活。

国家法定节假日调整研究小组在人民网、新华网、国家发展改革委网、新浪网、搜狐网等大型网站就调整方案开展民意调查,同时还公布了征求意见、建议的多种联系方式。

分析研究解答公众意见

2007年11月9日到15日，国家发改委以"国家法定节假日调整研究小组"的名义，在人民网、新华网、国家发展改革委网、新浪网、搜狐网等大型网站上就法定节假日调整方案（草案）进行问卷调查。

此次调查收到约150万份有效答卷，超过80%的网民赞成调整国家法定节假日，即使在争论较大的将"五一"调整出的2天，以及新增加的1天用于增加3个传统节日为国家法定节假日的问题上，也有超过60%的网民表示支持。

大多数公众认为，将部分重要的传统节日增设为国家法定假日，有利于优良传统和民族文化的传承，调整后的5个长周末和2个黄金周，以及职工带薪年休假制度，会使老百姓旅游和消费有更多的时间选择，有利于提高出行质量，有利于商场、饭店、客运业的日常经营安排，也有利于景区资源保护。同时，也有一部分群众对调整方案提出了不同意见。

国家发改委有关负责人说，网络调查过程中他们也听到了不同意见，无论支持的意见还是其他不同的意见，政府部门都很重视，及时作了汇总和研究分析，并将有关情况如实完整地上报了国务院。

但是，这位负责人也表示，在现实生活中，凡是涉及所有社会公众切身利益的政策，几乎不可能做到让大家都满意，毕竟不同的社会成员有不同的利益诉求。在国家法定节假日调整问题上，要尊重大多数社会成员的意见。

国家发改委有关负责人还表示，从此次公开征求意见反馈情况看，有一部分群众对国家法定节假日安排及相关休假制度还不理解或存在一定的顾虑。因此，在新的法定节假日安排正式颁布后，媒体和专家对其目的和积极意义还要加强正确解读，引导公众。

对公众的意见，主管部门进行了归纳：一是建议在保持"五一"放假天数不变的同时，增加传统节假日为法定假日；二是适当增加春节放假天数；三是还有少数意见建议将元宵节、重阳节等增设为法定假日。

国家发改委有关负责人说，这些问题反映了广大人民群众希望获得更多假期的愿望。

这位负责人说，部分老百姓对取消"五一"黄金周反应较强烈，主要是担心《职工带薪年休假条例》得不到有效落实，反而减少了现有长假，继而影响长途旅游、探亲等活动，导致"十一"和春节假期更加拥挤。

政府主管部门认为，《职工带薪年休假条例》正式出台后，在全社会得到普遍实施可能需要一个过程。但随着我国经济快速发展和社会文明进步，会有越来越多的机关和企事业单位落实好职工的带薪休假制度。

部分网友认为，应该增加春节放假的天数，因为部分单位在实际执行中不强制要求除夕这一天上班，而新方案的执行反而会使一些职工感觉到春节长假减少了一天。

这位负责人对这个问题的解释是，春节法定放假3天是合适的，前移一天体现了大多数群众的愿望，一些单位除夕自行安排放假，不能代表政府的规定。

中秋、清明成为法定假日，为什么元宵、重阳就不能也放假？

针对网友们的这个疑问，国家发改委有关负责人说，考虑到当时国家法定节假日总天数不宜再增加，而元宵节距离春节较近，中秋节虽然也与国庆节相邻，但相比之下中秋节影响更大，因此，此次暂不将元宵节增设为法定假日。

重阳节是我国重要的敬老爱老的传统节日，很多地方也称重阳节为"老人节"，应当受到重视，但考虑到放假总水平的限制和民意调查的结果，此次暂没有将重阳节增设为法定节假日。

另外，在增加传统节日为法定节假日的问题上，主管部门主要考虑到以下几个因素：一是传统节日应是全民性的节日，二是传统节日要有较为丰富的民俗活动，三是要综合考虑国家法定节假日总天数的限定。

还有意见认为，此次增加的传统节日没有考虑少数民族节日。

国家发改委负责人回答说,此次调整主要是从全国范围来考虑。我国历来十分重视保护少数民族文化传统,但少数民族传统节日有着一定的地域性,主要纪念活动都在少数民族聚居地举行。

为此,修订前后的《全国年节及纪念日放假办法》都作了专门规定:"少数民族习惯的节日,由各少数民族聚居地区的地方人民政府,按照各该民族习惯,规定放假日期。"当时全国有38个少数民族节日由当地政府或人大作出了放假规定。

在网上征求意见时,曾有专家表示,这个只有7道问题的调查问卷显得太过单薄,不够科学,而且老百姓中很多人是不上网的,单单一个网上调查能较为全面地反映民意吗?

国家发改委有关负责人回答说,此次方案的出炉不是简单地来自网络调查,最早的启动工作在2006年就开始了,背后的工作可以说是海量的。

据介绍,在2006年,主管部门就成立了假日调整的研究小组,全面研究我国的节假日制度和休假制度的沿革和现状,并较为详细地研究了我国香港特别行政区、澳门特别行政区、台湾地区和日本、韩国、印度、美国等国家的法定节假日和带薪休假制度。

2007年以来,文化部和有关高校就我国传统节日的内涵和意义展开研究。同时,国家民委还就我国少数民族重大节日及放假情况进行了系统调查。

在基础工作完成得差不多后，国家发改委从 2006 年 11 月起，先后召开了 6 次座谈会听取各方的意见，其中包括学者和企业代表的座谈会，会同其他政府部门的座谈会以及东、中、西地区座谈会。

初步方案形成后，国家发改委分别于 2006 年 12 月、2007 年 4 月和 2007 年 6 月，先后 3 次就国家法定节假日调整的总体思路和初步方案，书面征求了公安部、劳动和社会保障部等 16 个部门和单位的意见。

国家发改委有关负责人还透露，大多数公众以为假日调整方案是当年底才揭开面纱的，其实，早在 2006 年 12 月 5 日至 8 日，他们就委托新浪网，针对我国调整节假日制度和全面建立带薪休假制度等问题，进行了网络调查。

这次调查累计获得有效答卷 10.5688 万份，在是否增加传统节假日，减少"五一""十一"放假天数问题上，63.31% 的受访者表示有必要，26.84% 的受访者主张维持现状，9.85% 的受访者认为无所谓。

在增加的传统节日选择上，中秋节高居榜首，95.73% 的受访者主张中秋节应放假，然后依次是清明节、元宵节、端午节。

调查结果显示，65.6% 的被调查者认为应减少"五一""十一"放假天数，增加传统节日为国家法定节假日。

同时，还针对农民工利用假期回家探亲的问题，在北京、上海、浙江等地进行了问卷调查。结果显示,农民工主要集中在春节回家,此外主要集中在农忙季节,"五一"和"十一"期间回家人数较少。

在充分吸收各方面意见和建议的基础上,主管部门曾对节假日调整方案进行了多次修改和调整。

国家发改委有关负责人表示,此次国家法定节假日调整,贯彻了"丰富内涵、优化结构、完善制度、提高质量、有利发展、促进和谐"的总体思路,遵循了节假日调整要与经济社会发展阶段相适应、有利于传承民族传统文化、时间分布上要相对分散和与完善职工带薪年休假制度相结合的原则。

民众欢迎传统节日放假

2007年11月16日，据中央电视台午夜新闻报道，从11月9日开始的国家法定节假日调整方案（草案）网上调查正式结束。

调查的结果显示：民众希望在享受传统节假日的同时，能够实实在在地享受到带薪休假。而许多百姓和专家表示，节假日调整草案中取消"五一"黄金周、形成5个小长假，充分体现了中国特有的传统文化。

报道称，在采访中，许多普通百姓认为，把清明节、中秋节等确定为法定假日非常符合中国人的风俗习惯。

一位北京市民在接受采访时说："我觉得这是一个好事儿，对中国人嘛还是以传统节日为主。"

一些民俗专家表示，传统节日"回归"，是弘扬传统节俗、彰显民族文化魅力的契机。

"弘扬民族节日文化传统，已成为全世界的潮流。"中国民俗学会常务理事、亚细亚民俗学会理事萧放说，"无论欧美还是东亚，都非常重视传统节日，都把传统节日视为民族文化传递的重要纽带。"

萧放说，日本、韩国等东亚国家都十分重视源自中国的传统节日，并且通过继承、改造，形成了自己民族独特的文化传统。

萧放举例说,在韩国,中秋节非常受重视,全国放假长达3天,服装、饮食、庆典等各种传统节俗丰富多彩,而且家人一定回乡团聚,还会出现类似中国春运般的交通紧张。而在日本,许多民俗节日如立春、重阳等都有规模不小的传统节俗活动。

中国民俗学会理事、中国汉民族学会理事田兆元,对增设传统节日为国家法定节假日的方案获得通过深表高兴。他认为,中国传统节日之所以遭遇圣诞节、情人节的冲击,"与这一段时间以来我们自觉与不自觉地忽视传统节日文化有关。这也给我们今天传承传统节日文化带来了难度"。

田兆元认为,传统节日定为法定节假日,有助于恢复民族文化的美好记忆。

确实,传统节日是中华文明的一个特殊的载体,将传统节日确定为国家法定假日对于保持民族的特色、弘扬民族的文化、传承民族的精神,对于提高民族的凝聚力、向心力具有极其重大的作用。

除了国家法定节假日,国务院法制办公布的带薪休假草案还规定,职工每年还可以享受5到15天的带薪休假。

清华大学假日制度改革课题组负责人蔡继明教授说,原来《劳动法》中没有对带薪休假进行详细规定,所以出现了个别单位没有执行带薪休假制度,而这次带薪休假草案中的明确规定使这项制度有法可依。

蔡继明说:"如果说它推行起来有一定困难,我们就千方百计地去克服困难,我们要制定具体的措施,如果一个企业不推行带薪休假制度,该给予它什么样的惩罚,将来我想带薪休假会逐步推行起来。"

公布《职工带薪年休假条例》

2007年12月7日,国务院常务会议审议并原则通过《国务院关于修改〈全国年节及纪念日放假办法〉的决定(草案)》和《职工带薪年休假条例(草案)》,进一步修改后公布实施。

在此前的2007年8月,法制办根据国务院常务会议精神,约请有关部门共同研究,起草了《职工带薪年休假条例(草案)》,通过报纸、网络等新闻媒体将草案征求意见稿全文公布,广泛征求社会公众的意见。从反馈的意见看,各地、各部门和社会各界普遍认为,党的十七大闭幕不久国务院就着手健全年休假制度,并公开征求社会各界的意见,是一种落实百姓法定权利的积极措施。

各方面对通过行政法规规范年休假制度给予了充分肯定,对征求意见稿的主要内容表示赞同,同时也提出了一些意见和建议。

法制办根据这些意见和建议对《职工带薪年休假条例(草案)》作了修改完善,报经国务院常务会议审议通过,于12月16日,条例的内容在媒体上公布。

《职工带薪年休假条例》规定了机关、团体、企业、事业单位、民办非企业单位、有雇工的个体工商户等单位的职工连续工作1年以上的，享受带薪年休假，要求用工单位应当保证职工享受年休假。

"条例"规定：

> 职工累计工作已满1年不满10年的，年休假5天；已满10年不满20年的，年休假10天；已满20年的，年休假15天。

同时，"条例"还规定国家的法定休假日和休息日，不计入年休假假期。

另外，针对职工因工作原因不能休年休假的问题，"条例"规定：

> 单位确因工作需要不能安排职工休年休假的，经职工本人同意，可以不安排职工休年休假。对职工应休未休的年休假天数，单位应当按照该职工日工资收入的300%支付年休假工资报酬。

"条例"平等保护各类职工的休息休假权利，对各类用人单位实行广覆盖。

根据"条例"，机关、团体、企业、事业单位、民办非企业单位、有雇工的个体工商户等单位的职工连续工作1年以上的，享受带薪年休假。

为了保障这项制度切实得到落实，对年休假的监督机制也作了相应的规定。"条例"规定：

单位不安排职工休年休假又不依照本条例规定给予年休假工资报酬的，由县级以上地方人民政府人事部门或者劳动保障部门依据职权责令限期改正；

对逾期不改正的，除责令该单位支付年休假工资报酬外，单位还应当按照年休假工资报酬的数额向职工加付赔偿金；

对拒不支付年休假工资报酬、赔偿金的，属于公务员和参照公务员法管理的人员所在单位的，对直接负责的主管人员以及其他直接责任人员依法给予处分；

属于其他单位的，由劳动保障部门、人事部门或者职工申请人民法院强制执行。

《职工带薪年休假条例》自2007年12月14日起施行。

百姓一直盼望的带薪年休假有了如此进展，确实令人振奋。而来自社会公众的各种赞扬，不仅是因为百姓的法定权利得以落实，而且还有非常具体的现实理由——可以根据自己的需要来安排自己的假期，会让生活有更多个性化色彩。

在经历了黄金周几亿人一齐休假之后，人们对休假时间有了自主选择权，不仅可以使旅游度假时间相互错开，缓解景区人满为患的状况，让人们出行更加方便，也利于公共部门管理，避免了交通运输、餐饮和旅游行业的大起大落，实现了均衡与稳定的发展，是一个多赢的结局。

这个征求意见稿的好，还不仅仅在于它是一个很好的规定，将普惠众人、造福于民，更在于这种规定出台的方式——先向公众征求意见。

十七大报告明确指出："人民民主是社会主义的生命……人民当家做主是社会主义民主政治的本质和核心。"因此，在今后的理政治国中，就有必要如带薪年休假规定的征求意见一样，在各个层次、各个领域扩大公民有序的政治参与，最广泛地让公民依法管理国家事务和社会事务。

国务院发出节假日通知

2007年12月15日,国务院办公厅发出通知,明确了2008年部分节假日的安排。

通知如下:

各省、自治区、直辖市人民政府,国务院各部委、各直属机构:

根据《国务院关于修改〈全国年节及纪念日放假办法〉的决定》,为便于各地区、各部门及早合理安排节假日旅游、交通运输、生产经营等有关工作,经国务院批准,现将2008年元旦、春节、清明节、国际劳动节、端午节、中秋节、国庆节放假调休日期具体安排通知如下:

一、元旦:2007年12月30日—2008年1月1日放假,共3天。

其中,1月1日(星期二)为法定节假日,12月30日(星期日)为公休日,12月29日(星期六)公休日调至12月31日(星期一),12月29日(星期六)上班。

二、春节:2月6日—12日(农历除夕至正月初六)放假,共7天。

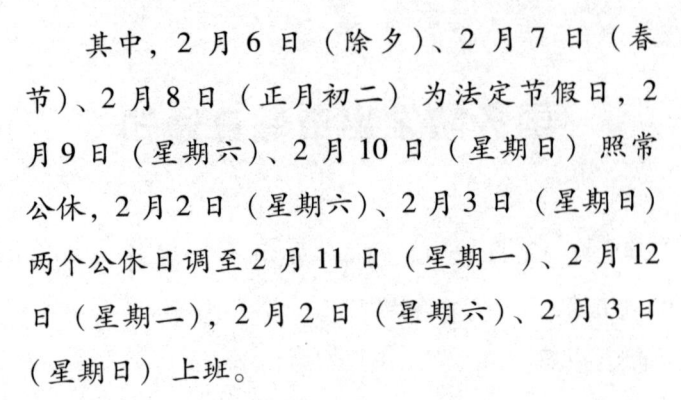

其中，2月6日（除夕）、2月7日（春节）、2月8日（正月初二）为法定节假日，2月9日（星期六）、2月10日（星期日）照常公休，2月2日（星期六）、2月3日（星期日）两个公休日调至2月11日（星期一）、2月12日（星期二），2月2日（星期六）、2月3日（星期日）上班。

三、清明节：4月4日—6日放假，共3天。

其中，4月4日（清明节）为法定节假日，4月5日（星期六）、4月6日（星期日）照常公休。

四、"五一"国际劳动节：5月1日—3日放假，共3天。

其中，5月1日为法定节假日，5月3日（星期六）为公休日，5月4日（星期日）公休日调至5月2日（星期五），5月4日（星期日）上班。

五、端午节：6月7日—9日放假，共3天。

其中，6月7日（星期六）照常公休，6月8日（农历五月初五，端午节）为法定节假日，6月8日（星期日）公休日调至6月9日（星期一）。

六、中秋节：9月13日—15日放假，共3天。

其中，9月13日（星期六）为公休日，9月14日（农历八月十五，中秋节）为法定节假日，9月14日（星期日）公休日调至9月15日（星期一）。

七、国庆节：9月29日—10月5日放假，共7天。

其中，10月1日、2日、3日为法定节假日，9月27日（星期六）、9月28日（星期日）两个公休日调至9月29日（星期一）、30日（星期二），10月4日（星期六）、5日（星期日）照常公休。

通知要求，节假日期间，各地区各部门要妥善安排好值班和安全、保卫等工作，遇有重大突发事件发生，要按规定及时报告并妥善处置，确保人民群众祥和平安地度过节日假期。

修改后的《全国年节及纪念日放假办法》自2007年12月14日起施行。

根据新办法，从2008年起，全体公民放假的节日从10天增加到11天。

其中，五一劳动节从放假3天减为1天；新增清明节、端午节、中秋节各放假1天；春节放假3天不变，但调整为从农历除夕开始计假；元旦仍放假1天；国庆节仍放假3天。

新办法还规定，全体公民放假的假日，如果适逢星期六、星期日，则应当在工作日补假。部分公民放假的假日，如果适逢星期六、星期日，则不补假。

全国政协委员、清华大学教授蔡继明说，让广大劳动者有更多的时间带薪休假，体现了中央倡导的以人为本的理念，同时，也为中华传统文化的弘扬提供了良好的契机。

节假日调整使旅游业受益

2007年12月，在国家调整法定节假日后，黄山国际大酒店总经理认为，三个传统节日的假期代替一个"五一"黄金周，来皖南旅游的游客人数不降反升。

黄山市旅游委员会有关专家和旅游企业负责人就此分析，他们认为，休假制度调整将给旅游业长远发展带来三大"利好因素"。

一是"短线游"黄金时代来临，游客数量有较大增长。

"五一"黄金周取消，但长周末的增多带来"短线游"的黄金时代。新休假政策势必使长线游、短线游的比例发生新的变化。

安徽中海国旅国内业务部负责人介绍，依据他们近3年针对长三角地区城市的市场调查分析，短线游是长三角地区70%以上市民的首选。

以黄山为例，当时全年接待游客超过1400万人次，其中约60%是来自长三角地区的短线游客。除黄山风景区外，游览黄山市乡村旅游景点的自驾游、自助游的短线游客数量达到每年近600万人次。

黄山旅游发展股份有限公司总经理认为，法定节假日调整后，虽然取消了"五一"黄金周，但增加了清明、端午、中秋三个假日，实际上形成了若干个 3 天的"小长假"，游客利用传统节假日进行短途旅游成为趋势，在出游时间安排上有了更多选择，出游时段的选择更加理性分散。

黄山市旅委市场开发处预测，未来长三角地区出游主要集中在周边 200 公里半径内。法定节假日调整后，黄山市中短途游客接待量的增幅达到 20% 至 30%。

另一方面，淡旺季界限可能淡化，服务质量有望得到提升。

黄山旅游发展股份有限公司经理说："'五一'黄金周取消，不但不会对我们造成多大影响，反而减轻了我们的压力。从长远和全局来看，法定节假日调整，可以使集中的出游人群得到分流，有效淡化淡旺季之间的界限，对部分景区、重点时段结构性供需矛盾起到了很好的缓解作用。客流的空间、时间分布将更加均衡。"

首先，长假与中短假相结合，人们的假日消费由"冲动式"集中消费转为"分散式"理性消费，可以更个性化地安排自己的假日，真正享受到旅游的乐趣。

其次，旅行社、酒店、景区等可以更加从容地安排游客的吃、住、行、游等，针对不同月份、不同节日开发特色产品的拓展空间增大。因此可以预见，未来我国旅游接待服务质量和游客舒适度将有大幅提升。

随着我国经济社会各项事业的发展，人们生活消费支出中的旅游休闲支出比重上升，对旅游的需求从量的增长向质的提升转变，成熟的大众旅游阶段已经全面来临了。

法定节假日调整后，新假期成为若干个出游的高峰时段，游客会更乐于选择以放松身心的休闲度假为主题的旅游，这对我国旅游产品结构升级也提出了更新更高的要求。

中国有许多地区还保持着一些长达百年以上的重大节日民俗文化传统。这些地区基本上全面继承着传统节俗文化的内容和表现形式，地方特色鲜明，节日活动丰富多彩，节日气氛非常浓烈。

旅游行业要结合具体节日，推出一些新的文化主题产品吸引更多的游客，让旅游更具有文化内涵、民俗特色。

乡村旅游业未来要加速由大众化向特色化、由粗放型向集约化发展，逐步克服当时因盲目跟风而导致的良莠不齐、内容单薄、品牌不响、简单雷同等现象。

黄山市旅委市场开发处处长介绍，当时，黄山市、九华山等地的旅行社正着手针对周边苏、浙、沪等地区和安徽省内客源市场，围绕清明、端午、中秋等新假期，适时开发推出 20 多条主题鲜明的特色旅游线路和一批具有传统特色的体验式旅游产品，以满足人们新的休闲度假需求。

保证调整方案顺利实施

2007年12月16日,中国国家发展改革委员会负责人表示,为了保证国家法定节假日调整方案顺利实施,国家有关部门继续加强宣传解释、进一步完善相关措施和加强组织协调工作。

这位负责人指出,从此次公开征求意见的反馈情况看,还有一部分群众对国家法定节假日安排及相关休假制度还不理解或存在一定的顾虑。

因此,在新的法定节假日安排正式颁布后,媒体和专家对其目的和积极意义还要加强正确解读,引导公众,统一认识。同时,也希望广大群众从全局的角度、从推动社会文明进步的角度来理解和支持此次节假日调整工作。

法定节假日是国家为全体公民安排的假期,相关规定应当得到切实执行,有效保护劳动者的合法权益。落实好职工带薪年休假是新的国家法定节假日安排顺利施行的重要保障。

因此,《职工带薪年休假条例》同步出台后,有关部门研究出台了更具体的实施细则,加大工作力度,采取有效措施,切实使广大职工的基本休假权利得到保障。

国家法定节假日正式调整之后,会出现法定节假日与周末连休3天的小长假、黄金周和职工个人带薪休假并存的新局面,各地、各部门要按照国务院的统一部署,针对人们出行的新变化,尽早开展相关预案的研究准备工作,确保节假日安全、和谐的氛围。

2009年3月26日,国务院办公厅发出通知,要求严格执行国家法定节假日有关规定。

通知要求:

一、严格执行《全国年节及纪念日放假办法》。这一办法是在广泛征求社会各方面意见和充分研究论证的基础上制定的,将部分传统节日增列为法定节假日,丰富了我国法定节假日的文化内涵,增加了广大人民群众的休假福利。新办法实施一年多来,总体运行情况良好,对于弘扬中华民族优秀传统文化、合理安排生产生活、满足人民群众休假休闲需求发挥了积极作用,受到广大人民群众肯定,各地区、各部门要严格执行。

二、认真落实《国务院办公厅关于2009年部分节假日安排的通知》。该通知已对2009年元旦、春节、清明节、劳动节、端午节、中秋节和国庆节放假调休日期作出了具体安排,各地要认真执行,不得擅自调休、自行安排。落实《职工带薪年休假条例》,单位可根据生产、工作的具体情况和职工本人意愿，灵活安排。

三、清明节和五一国际劳动节即将来临，各地区、各有关方面要及早合理安排节假日休闲旅游、交通运输、生产经营等活动，妥善安排好节日期间值班、安全、保卫等工作，确保人民群众平安祥和度过节日假期。

2008年，在黄金周制度作出调整后，不仅使大家有了足够自由支配、放松心情的时间，而且可以有时间接受传统文化的熏陶，因此，黄金周也真正成了大家的"黄金时间"。

二、组织活动

- 2008年4月2日,在山西省怀仁县迎宾广场的"怀想仁人"雕塑下,"仁义"经典美文诵读会,更把全县清明节系列活动推向了新的高潮。

- 2008年4月3日,山西省孝义市举办"我们的节日——清明节""孝·义"经典诵读会。

- 2008年4月3日,由中央文明办、中国文联和山西省人民政府联合主办的"我们的节日·清明节"主题活动在山西省正式启动。

举办清明"仁义"经典诵读会

2008年4月初,梨花风起,游子寻春,清明时节的山西省怀仁县,处处一派生机。

全国清明节系列活动"我们的节日"正在怀仁县举行,以"仁"字为鲜明特色的城市品牌再度唱响。

连日来,"十百千万仁人,劲诵仁义美文"活动遍及全县城乡,10个乡镇、百名村干部、千户家庭、万名学子,纷纷参与到这一活动中来,咀嚼仁义内涵,品读经典美文,使一个传统的节日因书香浸润而风景独好。

2008年4月2日,在山西省怀仁县迎宾广场的"怀想仁人"雕塑下,"仁义"经典美文诵读会,更把全县清明节系列活动推向了新的高潮。

诵读会分为"厚德、博爱、和谐"三个章节,以"仁义名句集锦"拉开帷幕,其间诵读的《朱子家训》《前出师表》《短歌行》《岳阳楼记》等多篇经典美文,字字珠玑,句句颂仁。

现场观众与嘉宾互动,古韵与新声共振,最后,全体人员合诵《怀想仁人雕塑碑记》,为本次诵读会画上了一个完满的句号。

整个活动气氛热烈而雅致,既是一场精神文明建设的切实举措,又成为一次植根传统、缅怀经典、传承文脉的文明之旅。

怀仁缘结于"仁"有 1100 多年的历史了。公元 905 年，后唐武皇李克用与契丹主耶律阿保机于此地会盟，易袍换马，约为兄弟，有"怀想仁人"之意，后世据此而名"怀仁"。

千百年来，在战争与和平的角逐中，"怀仁"二字涵盖着一段胡汉民族融合的史诗，也成为一句饱含哲理的箴言。而以"仁义"为根本的区域文明符号，更是一方土地挥之不去的血脉基因。

2005 年，怀仁县政府在迎宾广场竖起了"怀想仁人"雕塑，李克用与耶律阿保机两位风流人物跨越千年风云，再次巨手相握，共同见证着这座城市的历史、现在、未来……

今天的怀仁人民，以自己对文明的求索，阐释着"仁"、理解着"仁"、拥有着"仁"，并以之为标志，形成了新的文明特质。

民众崇尚"里仁为美"，以奉扬仁风；政府坚信"民兴于仁"，故深仁厚泽；发展不忘"含仁怀义"，弘仁爱新风，从而使怀仁各项事业发展迈开新步伐、呈现新气象。

以"仁"为本，鼓起"精、气、神"。怀仁的教育事业发展享誉三晋，开阔兼容的校园文化成为城市文明的一个重要组成内容。

在怀仁，随处可见的市民公约也讲述着"仁"的要义。

在"怀仁精神"中,"仁义诚信"四字,被列为首要内容。

以"仁"聚财,强壮"骨、血、肉"。"仁"是道义,"仁"是品行,"仁"也是资源。2007年,怀仁县域经济综合实力跨入了中国中部百强县和环渤海循环经济竞争力百强县行列,一个雄风劲起的"怀仁模式"发展之路崛起雁门关外。

谈到发展的内因,人们关注的还是一个"仁"字。怀仁举全县之力,集全民之智,亮出"仁"字为先的招商旗帜,以最真诚的方式展现着自身的美丽,期待着与四海人杰、五湖客商相约。

以"仁"惠人,和谐"人、事、物"。怀仁县委、县政府坚持跨越式发展与群众受益程度的统一,既依托民气、民智、民力共建和谐,又围绕民富、民生、民安让全县人民共享和谐。

由此,"仁"字也成为怀仁和谐发展、持续发展的最佳注释。

举办清明"孝·义"经典诵读会

2008年4月,桃花、梨花纷繁刚过,清明就如约而至了。在全国法定节假日规定调整后的第一个传统民俗节日里,4月3日,山西省孝义市举办"我们的节日——清明节""孝·义"经典诵读会,就是将传统节日过出新意,挖掘其更深刻文化内涵的一次主题活动。

孝义自古以孝立县,作为中国历史上有记载的、为数不多的、最古老的县邑之一,历史悠久,源远流长。

二十四孝之一的"郑兴割股奉母"的孝行闻于朝,"大孝堡"的美誉流芳千古,唐太宗下诏赐名"孝义"县。千百年来作为忠孝之地、仁义之邦,"尊孝崇义"成为孝义地方特色文化最具魅力的核心内容。

孝道文化是中国传统文化的精髓之一,也是孝义历史文脉的根基。改革开放以来,孝义人民把"尊孝崇义"的传统美德与市场经济大潮相结合,不断开拓创新,锐意进取,创造了一个又一个的辉煌成就,历史性地实现了"吕梁领先,三晋一流,全国百强"的"三步"战略目标。

此次活动将弘扬孝道文化、展示"孝""义"传统与挖掘清明节的文化内涵巧妙贴合,成为孝义市举办这次清明节系列活动的题中之意。

4月3日，孝义的市民们纷纷携妻带子、扶老携幼从四面八方赶来，汇集在孝义广场上，驻足观看"弘扬孝道文化、构建和谐孝义"主题书法展、剪纸艺术展和"二十四孝故事"图片展，不时谈论着与展览作品相关的话题。

广大市民纷纷认为孝是不灭的火、长流的水、未了的情。活动现场还评选出了该市首届十大孝贤人物。身披红绸的10位道德模范接受了少先队员的鲜花和队礼，他们的脸上满盈笑意。

"孝·义"经典诵读会将这次活动推向了高潮，200多名中学生声情并茂的朗诵，把现场数万名群众带入到浓厚的孝道文化氛围之中，达到了倡导孝心，推行孝道，倡行忠义，塑造忠诚，引领社会风尚，提高市民基本道德素质的目的。

一位领着孩子的市民在听了朗诵后也深有感触，她说："在国家调整法定节假日之后的第一个清明节到来之际，市里举办这样的主题系列活动，营造了良好的文化氛围，为孩子们更好地参与和谐社会建设提供了精神食粮。"

"寒食东风御柳斜"，"听风听雨过清明"，清明节祭祖扫墓、追念先人是我国自古有之的传统习俗，而孝义市举办的清明节系列活动让人们把祭祀先人与中华民族重视孝道、慎终追远的民族性格直接联系起来，强调对"过去"的怀念和感谢，对于我们传承中华民族优秀文化起到了积极的作用。

正如这次"二十四孝故事"图片展的序言所说,孝是中国几千年固有的传统美德,也是人伦的大本,孝道可使人品敦于真、善、美,使家庭和乐、社会和谐。

让人与人之间、人与自然之间的关系更加和谐,构建和谐社会,这正是我们探求传统节日文化内涵的意义所在。

开展清明节纪念活动

2008年4月4日,是全国法定节假日调整后的第一个传统民俗节日"清明节"。

4月2日,在清明(寒食)节发源地山西省介休绵山,隆重举办了2008介休绵山中国清明(寒食)文化节开幕式。

4月3日,由中央文明办、中国文联和山西省人民政府联合主办的"我们的节日·清明节"主题活动在山西省正式启动。

同日,"我们的节日·清明节"主题活动启动仪式暨首届全国清明节美术、书法、摄影、民间艺术作品展在山西博物院举行,山西省的相关主题活动也全面展开。

作为清明节的发源地,介休市被中国民俗协会授予了"中国寒食清明文化之乡"的称号。

原来,清明节源于寒食节,是为纪念我国春秋时期晋国名臣介子推而设立的节日,距今已有2600多年的历史。

现在还广为流传着介子推割股奉君、不接受封赏、与母亲隐居绵山被火烧死的故事,后人为纪念他而冷食禁火,最终,寒食节与节气"清明"重合而成为扫墓、祭祖的节日。

为纪念介子推的忠孝廉节,绵山景区推出了挂祥铃、拜介公墓等拜祭活动。

"我是带着朝圣的心情来到绵山的。"我国民俗研究专家、辽宁大学教授乌丙安先生说。

在介公墓前,80岁高龄的乌丙安手持鲜花、双膝跪地、眼含热泪,他动情地说:"今年的清明节能来到绵山、来到介公墓,了却了我的一个心愿。介子推是忠烈爱国的代表,他的精神值得我们代代传承。"

介休市委宣传部部长刘娟说:"我们举办此次清明(寒食)文化节就是要传承我国这一传统的民俗节日。在新时期,继承和发扬介子推这种忠烈的精神有着重要的现实意义,继续探索和挖掘这种忠烈精神的深刻内涵也是这次文化节的一项主要内容。"

山西省有多位专家学者,结合时代所赋予的使命,对介子推"尊君爱国的高尚情操,廉洁诚信的人生准则"等课题,开始了探讨与研究。在介子文化宝库中,笃守诚信等垂世精髓,至今依然是学人之课、晋商之本。

因为介子推的"忠",一座绵山成为民族传统美德的载体,一个节气成为全民族的节日。

介子推被焚绵山之后的千百年里,他的忠烈精神不断被发扬光大。他不会想到,这里会成为晋商文化的发祥地。

在介休,明清两代出现了以张原村范氏为代表的一代皇商,以及贾村侯家、北辛武冀家这样的大商。而在距离介休不远的灵石、平遥、祁县、太谷、榆次等地，也先后出现了乔家、王家、渠家、常家、曹家等巨商。百里晋中，商贾云集，成为中国历史上的奇观。

现代，则有安泰、三佳、茂胜、路鑫等一批新晋商在三晋大地上茁壮成长。这一代又一代晋商兴盛的原因正是脚踏实地、笃守诚信。

明清晋商的辉煌已成历史，但以诚信为核心的晋商精神，却升华为中华民族的宝贵财富，成为新晋商的经营之本。

2005年，来自全省的163家商贸企业联合发出《诚信宣言》，自愿接受社会各界的监督考核，努力使企业成为业内认可、顾客满意的品牌企业。

说起诚信，绵山风景区的开发人、介休市新晋商代表人物阎吉英有着独到的见解："天下为公，回报社会是诚信的根，自私的人是不会讲诚信的，只有把自己和为大家、为社会服务连在一起，才会诚信地做人、做事。介子推正是廉洁诚信的代表，对绵山的开发和保护就是发掘和传承这种诚信美德。"

十多年对绵山苦心经营，如今这里是游人如织。此刻在这里举行的清明（寒食）文化节活动，更是对介子推廉洁诚信的一次全民致敬。

作为将清明（寒食）节确立为国家法定假日的有力推动者，全国政协常委、中国文联副主席、中国民协主席冯骥才说："清明（寒食）节放假就是要让人们有时间和空间，把中华民族这种忠烈诚信的美德传承下去。同时也可以让更多的人培养节日情感，树立民族精神。今年在绵山过清明节就好似在希腊奥林匹亚采集奥运火种，而我们每个中国人都是传承节日美德的火炬手。"

在介休，为过寒食节，当地人至今还保持着做寒食、吃寒食的传统，有寒食粥、寒食面，用馒头做的"子推燕"等都很有特色。

清明时节的绵山，人们尽情地享受着春的气息，踢毽子、打秋千、拔河、射箭、放风筝，一派绵山版的"清明上河图"。

如何以清明节为载体来倡导社会主义核心价值体系、弘扬中华民族的传统美德是举办清明节系列活动的根本所在。

来自中央文明办、中国文联等单位的嘉宾和山西省的有关领导在绵山上培土植树，也为清明节主题活动赋予了新的含义。

清明节主题活动，为山西省彰显传统节日的文化魅力、弘扬和培育民族精神搭建了一个极好的平台。

洪洞弘扬大槐树根祖文化

2008年4月4日，是国家调整节假日之后的第一个清明节，第十八届中国·洪洞大槐树寻根祭祖大典，在洪洞县隆重举行。

"问我祖先在何处，山西洪洞大槐树；祖先故居叫什么，大槐树下老鹳窝。"

来自海外的寻根华人、全国各地大槐树移民后裔代表，以及社会各界人士共1万多人，聚首古槐遗址，虔诚祭拜祖先，共话同根亲情。

原来，元末明初时，中华大地战争频繁，灾疫连绵，万户萧疏。中原大地，赤野千里，十室九空，荒无人烟。而在山西却风调雨顺，连年丰收，社会稳定，经济繁荣，人丁兴盛，尤其晋南平阳府人口稠密。

明代统治者为发展经济，充实国力，开疆拓土，巩固政权，决定从山西进行大规模移民。洪洞县是平阳府第一人口大县，地处交通要道。当时，在城北汉代大槐树下的广济寺，就成了各地移民迁徙四方的集散之地。

从明代洪武初年到永乐十五年（1417年），明朝政府在此设局驻员，开始了向各地的移民活动。

此后，明朝政府先后移民18次，历时长达50年。移民遍布河南、北京、天津、河北、山东、江苏、安徽、湖北、湖南、陕西、甘肃、内蒙古、辽宁、吉林、黑龙江、广西等地，涉及4大民族800多个姓氏，迁民总人数达100余万，是中华民族历史上范围最广、规模最大、历时最长的大移民，堪称"世界移民之最"。

数百年来，无数海内外古槐后裔把洪洞大槐树当做"家"、称作"祖"、看做"根"，纷纷到大槐树下寻根祭祖，形成了独具魅力的大槐树根祖文化。

大槐树根祖文化，历经数百年的发展，显示出旺盛的生命力和强大的民族凝聚力。

至今，辗转迁徙到海内外的古槐后裔，都能在大槐树下找到自己的宗族之根，理清自己与先祖的衍生脉络。

回到大槐树，无不有"家"的感觉、"亲"的感受。传唱数百年的"问我祖先在何处，山西洪洞大槐树"就是根祖文化的凝聚力所在。

600多年沧桑轮回，大槐树几度枯荣，移民先祖子孙繁衍，生生不息。今天，古槐后裔已遍布全国乃至海外，世界上每10个华人中，就有一名古槐后裔。

大槐树根祖文化的最大特色是血脉亲情的链接，对于一贯注重同宗同源的中华儿女来说，具有强大的感召力。

中国·洪洞大槐树寻根祭祖节已成功举办数届，发展成为海内外颇具影响力的一个重要民俗活动。

山西省大力弘扬大槐树根祖文化，精心打造以旅游业为龙头的文化精品工程。正在扩建的洪洞大槐树寻根

组织活动

祭祖园全部建成后，将成为驰名全国的文化旅游景区和最大的移民祭祖圣地。

为弘扬大槐树根祖文化，临汾市和洪洞县拍摄了40集大型连续剧《大槐树》，还多次与中央媒体联办节目，并成立了大槐树根祖文化研究会，创办了《大槐树》文化杂志，挖掘整理出版了系列大槐树根祖文化丛书，开发了数十种大槐树旅游纪念品等，使洪洞大槐树寻根祭祖活动的规模一年大于一年。

一水之流而万脉，一木之茂而千条。大槐树所代表的是血脉情、民族情，具有强大的辐射力和影响力。大槐树根祖文化具有强烈的时代性。

大力弘扬大槐树根祖文化，让大槐树根祖文化成为凝聚华人心、和谐万邦情的动力。

名人故居推出免费参观活动

2008年,清明节第一次被国家正式列为法定节假日。如何更有意义地度过我们民族的这一传统节日,越来越成为社会各界关注的焦点。

因此,宋庆龄故居联合北京其他7家名人故居、纪念馆,在北京市委宣传部、北京市文物局、中共西城区委宣传部的支持下,举行了一系列倡导科学、健康、安全、环保的民俗活动。

2008年4月4日,在清明节当天,宋庆龄故居等名人故居、纪念馆,免费向所有来访观众开放,同时准备鲜花供参观者祭献。

这一天,仅宋庆龄故居就接待各界观众4000多人,社会反响强烈。

宋庆龄故居等名人故居、纪念馆还与新闻单位联手,用文章、图片等,宣传名人的生死观、怀念亲人的方式、名人的墓葬等等,与人们一道重温他们的故事,追忆他们的功绩,以寄托缅怀、追思之情。

宋庆龄故居等名人故居、纪念馆联合推出的"清明时节缅怀名人走进故居"系列文化活动,包括青年志愿者服务、临时展览、纪念名人文艺演出、鲜花代门票、追思、追忆宣传等。

这次活动，让人们在祭奠亲人的同时，走进名人故居、纪念馆；在踏青出游的同时，追思先辈功绩，传承民族文化。

这次活动，给传统的民俗节日赋予新的内容和新的形式，把传统的追忆先人的活动加以丰富，提升到缅怀为中华民族作出过特殊贡献的历史名人，从而激发人们学习、传承中华民族传统美德的热情，使中华民族传统美德不断发扬光大。

端午风俗活动丰富多彩

2006年5月20日，端午节民俗经国务院批准列入第一批国家级非物质文化遗产名录。从2008年起，端午节为国家法定节假日。

端午节是我国汉族人民的传统节日，时至今日，端午节仍是中国人民一个十分盛行的隆重节日。

端午这一天必不可少的活动，在历史发展中，逐渐演变为吃粽子，赛龙舟，挂菖蒲、艾叶，熏苍术、白芷，喝雄黄酒。

据说，吃粽子和赛龙舟，是为了纪念屈原，所以解放后曾把端午节定名为"诗人节"，以纪念屈原。至于挂菖蒲、艾叶，熏苍术、白芷，喝雄黄酒，据说是为了镇邪。

其实，这是由于夏季天气燥热，人易生病，瘟疫也易流行，加上蛇虫繁殖，易咬伤人，所以要十分小心，这才形成此习惯。

种种节俗，如采药，以雄黄酒洒墙壁门窗，饮蒲酒等，看似迷信，但又是有益于身体健康的卫生活动。端午实在可算是传统的医药卫生节，是人民群众与疾病、毒虫作斗争的节日。今天这些卫生习俗仍然是应发展，并应弘扬传承的。

端午的卫生习俗有：

采药。这是最古老的端午节俗之一。

沐兰汤。端午日洗浴兰汤是《大戴礼记》记载的古俗。当时的兰不是现在的兰花，而是菊科的佩兰，有香气，可煎水沐浴。

后来一般是煎蒲、艾等香草洗澡。在广东，则用艾、蒲、凤仙、白玉兰等花草；在湖南、广西等地，则用柏叶、大风根、艾、蒲、桃叶等煮成药水洗浴。不论男女老幼，全家都洗，此俗至今尚存，据说可治皮肤病、去邪气。

另外，还有饮蒲酒、雄黄酒、朱砂酒，以酒洒喷。这个民俗流传较广。至今，如广西宾阳，逢端午时便有一包包的药料出售，包括雄黄、柏子、桃仁、蒲片、艾叶等，人们浸入酒后再用菖蒲、艾蓬蘸酒墙壁角落、门窗、床下等，再用酒涂小儿耳鼻、肚脐，以驱毒虫，求小儿平安。

另外有的地区还用雄黄酒抹在小孩额上画"王"字，使小孩带有虎的印记，以用虎辟邪。这些活动，从卫生角度来看，还是有科学道理的。雄黄加水和酒洒于室内可消毒杀菌，饮蒲酒也颇有益。

还有一个习俗是采茶、制凉茶。北方一些地区，在端午采嫩树叶、野菜叶蒸晾，制成茶叶。广东潮州一带，人们去郊外山野采草药，熬凉茶喝。这对健康也有好处。

在端午采摘种种可驱邪的花草，来源也很久。最早的如挂艾草于门，这是由于艾为重要的药用植物，可制艾绒治病，灸穴，又可驱虫。

古时，端午节也用桃印在门上做装饰，目的也是为了祛邪。

端午节的重要活动有龙舟竞渡。在湖南汨罗市，竞渡前必先往屈子祠朝庙，将龙头供在祠中神翁祭拜，披红布于龙头上，再安龙头于船上竞渡，既拜龙神，又纪念屈原。而在湖北屈原的家乡秭归，也有祭拜屈原的仪式流传。

作为中国的传统节日，端午节至今已有2000多年的历史。

由驱毒辟邪的节令习俗，衍生出各地丰富多彩的祭祀、游艺、保健等民间活动，主要有祭祀屈原、纪念伍子胥、插艾蒿、挂菖蒲、喝雄黄酒、吃粽子、龙舟竞渡、除五毒等。

端午节的核心主题是驱瘟、除恶、消灾、祛病，是中国老百姓认知自然和宇宙的重要体现，也是广大民众对民俗生活的集中诠释。

从遥远的古代一直走到今天的端午节，是人与自然之间交流、对话的一种特殊方式，承载着当地民众的生活智慧、生活情趣以及祈福求祥的善良愿望。

围绕端午节而流传的传说和故事、节日期间丰富多彩的民俗和娱乐活动、庄重的祭奠仪式等，集中体现了中华民族的传统文化精神，充分展示了民众的想象力和创造力，成为中华民族不可替代的文化符号。这个传统节日有助于加强亲情、乡情和民族情感。

因此，国务院把端午节列为法定节假日。在江苏、湖北、湖南等省，端午节习俗作为一种重要的非物质文化遗产，被立法保护。

湖北秭归县在端午节每年都要举行各项大型活动，黄石市西塞山区政府还每年拨专项经费用于保护。

在端午节期间，各地民俗活动略有不同。

在祭祀纪念活动中，湖北秭归、湖南汨罗等地以祭祀屈原为特色，江南一带则纪念伍子胥，贵州黔东南地区则纪念一位舍身杀毒龙的老人，云南傣族人民纪念岩红窝等。

在游艺体育竞技活动中，湖北秭归、湖南汨罗等地主要举行龙舟竞渡，江西一带则制作旱龙舟、登高、游街市等。

在湖北秭归，即屈原的故里，端午习俗更见特色，一个端午三次过：五月初五小端午，挂菖蒲、艾蒿，饮雄黄酒；五月十五大端午，龙舟竞渡；五月二十五末端午，送瘟船，亲友团聚。尤为独特的是，秭归农民自发组织骚坛诗社，端午时吟诗唱和，历年传承不息。

在湖北黄石，端午节西塞山神舟会，有2000多年的历史，主要内容有制作神舟、唱大戏、祭祀、巡游、送神舟下水等系列仪式和活动。从每年农历四月初八到五月十八，历时40天，是国内端午节期间时间最长的祝福和祭祀活动。

因湖北秭归、黄石的端午节风俗活动更具典型性，文化部便选择由湖北代表中国，向联合国教科文组织为端午节申请成为非物质文化遗产。

在 2007 年底，国务院正式将端午节列为法定节假日。

2006 年，我国公布第一批国家级非物质文化遗产名录，春节、清明节、端午节、七夕节、中秋节、重阳节名列其中。

同年 9 月，《国家"十一五"时期文化发展规划纲要》正式出台并指出，要充分发挥春节、元宵节、清明节、端午节、七夕节、中秋节、重阳节等传统民族节日的作用，增强中华民族凝聚力，促进和谐社会建设。

2007 年 11 月 9 日至 15 日，国家法定节假日调整研究小组在人民网、新华网、国家发展改革委网、新浪网等大型网站上，就国家法定节假日调整方案（草案）开展问卷调查，共获得约 150 万份有效答卷。

2007 年 12 月，国务院正式颁布了修订后的《全国年节及纪念日放假办法》：一年中法定节假日的总天数由 10 天增加至 11 天；其中，劳动节的假期由 3 天调整为 1 天，新增法定节假日清明节、端午节、中秋节，各放假 1 天。

在首个法定端午节，除举国放假这一过节形式的改变，传统节日法定化的背后，还有怎样的法律及社会意义？相关法学专家和社会学专家做出了回答。

中国人民大学法学院教授、博士生导师杨建顺说："传统节日法定化，是在政府的推动下，使传统文化得到一个载体，使公民对传统文化的享有权利处于行使和享受的状态。"

杨建顺解释说："端午节放假一天，保证了社会各个阶层的人士有相对充分的时间、以各种方式接受传统文化的熏陶。这也说明，传统节日的法定化，具有对传统文化进行价值导向的作用。"

如何认识端午节所蕴涵的文化内涵和社会心理？北京大学社会学人类学研究所教授、博士生导师高丙中说："端午节是一个极具爱国情怀和增进社会团结的节日。吃粽子和赛龙舟是端午节常见的习俗，同时这又是一个进行社交、增进社会团结的机会，表现为出嫁女儿回娘家、壮年男子赛龙舟等等。"

高丙中认为，传承这些文化价值，对今天的生活具有毫无疑问的重要意义。

各地简朴新意迎中秋

2006 年 5 月 20 日,中秋节的民俗,经国务院批准,被列入第一批国家级非物质文化遗产名录。

"中秋"一词,最早见于《周礼》。根据我国古代历法,农历八月十五日,在一年秋季的八月中旬,故称"中秋"。一年有四季,每季又分孟、仲、季三部分,三秋中第二月叫仲秋,故中秋也称为"仲秋"。

中秋节是我国的传统佳节,与春节、端午节、清明节并称为中国汉族的四大传统节日。

因这个节日在秋季、八月,故又称"秋节""八月节""八月会""仲秋节";又有祈求团圆的信仰和相关节俗活动,故亦称"团圆节""女儿节"。

因中秋节的主要活动都是围绕"月"进行的,所以又俗称"月节""月夕""追月节""玩月节""拜月节";在唐朝,中秋节还被称为"端正月"。

2008 年的中秋节,全国各地正以各种方式度过这个传统节日。

在上海,多艘豪华邮轮、国际客轮来沪,上海港迎来"海上赏月"高峰。

9 月,百慕大籍豪华邮轮"太阳公主号"首次访问上海。

此外，9月11日至17日期间，上海港还迎来往返于中日之间的国际客轮"新鉴真号""苏州号"，以及豪华邮轮"爱兰歌娜号"等8个航次，旅客流量接近5000人次。

上海边检有关人士说，中秋节前，许多外国旅客都有意乘坐邮轮到上海游览，体验中秋氛围。

此外，海上出境游也在中国国内成为新兴的旅游项目，"爱兰歌娜"等邮轮到港，吸引了上海及周边省市甚至港澳地区的旅客前来。许多人打算趁着假期举家出游，感受海上中秋节的别样风情。

在河北省，"80后"的青年们开始回归传统，争相筹备迎接"原味中秋"，他们表示，要和家人一起过节。

王萌和李燕均为独生子女，以前每逢中秋节不是去网吧度过就是跟朋友搞派对，从来没有"家"的感觉。这年中秋假期，两人决定把双方父母都接到自己家来个大团圆。

两人还准备亲自动手做饭，与4位老人一起赏月共享天伦。越来越多的年轻人认为，吃什么样的月饼并不是最重要的，他们更期待与家人团聚、赏月和交流。

在石家庄一家网络公司上班的陈冰，为了让"80后"的同事假期能和家人团聚，选择了在单位值班。网络帮助他实现与家人一起赏月的心愿，他和父母约好中秋节那天一起视频聊天。

临近中秋，在西安，论块卖、论斤卖的散装月饼持续走俏,纸质包装的月饼成为走亲访友送礼的主角。有关人士称,外包装的"瘦身"拉平了月饼涨价幅度。

在西安一些大型超市的月饼销售专柜,基本上所有的月饼厂家都生产了按块卖的月饼,价格从 2 元到 7 元不等,简约包装或采用再生纸环保包装的月饼,受到广大市民的青睐。本地品牌的一家经销商说,该公司低糖、低脂、低油的月饼也是主推产品,占有很大市场份额。

据介绍,月饼生产及销售企业仍对销售前景持乐观态度,他们表示,这年是中秋节成为国家法定节假日的第一年,而汶川大地震让人们更看重亲情、友谊,中秋节走亲访友的人肯定比往年多。

2008 年,在中国首个"中秋小黄金周",除了传统的月饼"瘦身"上市外,神州各地民众也纷纷以新形式迎接这个金秋佳节,令这个万家团圆之日过得简朴而又有新意。

三、黄金假日

- 显然,藏羚羊对人们的兴趣,没有人们对它们的兴趣大,仅仅对视半分钟,它们就迈开那矫健的长腿,几个起落,就消失在地平线的那边。

- 当他们爬上顶点,卸下包裹,远望群山和云海的时候,感觉真是无比轻松。

- 温老师说:"每天吃着父母做的饭,陪他们逛公园、购物,一家人其乐融融,真是一种享受。"

黄金周让民众走近大自然

2005年"十一"黄金周，在这次自驾游回来之后，小黄终于明白了自己的心一直都在户外，在大自然里。

在旅途当中发生的一幕幕还是不断地在他的眼前浮现：

2005年10月3日早7时许，车队在俱乐部门前集合完毕，浩浩荡荡地上路了。

车辆按照排好的号码有序地行驶，相互间用对讲机沟通，头车会及时报道前面的路况，让后面的司机放心地驾驶。

排在最后的一辆考斯特，人比较多，于是决定用动听的歌声回报大家，结果一唱便不可收拾，引得所有的车来了一个赛歌会！

不知不觉，一上午很快过去了。临近中午时，他们到了第一站——横道河子镇。

横道河子镇地处群山环绕之中，镇区森林茂密，植被完整，空气洁净，还拥有世界上最大的东北虎繁育中心。

他们在这里除了观看到威风凛凛的老虎和凶猛无比的狮子，还欣赏到中东铁路机车库、圣母进堂教堂，体验到了浓郁的俄罗斯风情。

品尝了横道河子特色美食之后，车队继续上路。

说说笑笑中，车队驶进柴河林区，蜿蜒的公路如同一条绵延不绝的彩带围绕在山间，两侧各种天然林木五颜六色，有红的、黄的、绿的，形成了"经典"的五花山。

随着车队的行进，山坡越来越陡，山的一侧是刀劈斧砍一般的峭壁；另一侧，在错落有致的林木丛中有时隐时现的溪流，不时还能听到潺潺的水声。打开车窗，新鲜的空气凉凉地扑面而至。

又经过三个多小时的车程，车子戛然而止，盼望已久的"北国小九寨"到了。

这里原名"吊水湖"，因景色秀丽端庄酷似四川九寨沟，故被人们喻为"北国小九寨"。

他们到达时，天色已黑，空气清新凉爽，皓月当空，令人心旷神怡，遐思无限。

因为第二天将有很大的运动量，大家就都早早睡了，也有一伙贪玩的人打了半宿的扑克。

4日早晨，阳光明媚，爱好摄影的人早已拿上心爱的相机上山抓景去了。

小黄也早早起床，他是惦记着早饭开了没有，因为肚子已向他提出了抗议。

吃了早饭，带足了装备，上车出发，直奔景区。

第一处是水帘洞。从水帘洞里穿过时，大家兴奋地叫喊，激动地拍照。宽阔的水帘攀池而下，如银河泻地，直落九天，飞卷而起的浪花掀起层层水雾，清凉扑面。

拾级而上，小九寨最美的景色九叠泉瀑布群初露端倪，白色的水柱击过乱石四处飞溅。

在经过一番艰难的攀爬之后，他们才得以仰视九叠泉的全貌。由于已过雨季，瀑布群水量不大。

据资料介绍，雨季后水流顺着呈台阶形的河谷奔腾而下，有的若玉带飘舞，有的似银河奔泻，呈多级下跌，形成九叠。

其中，最高的"金溪谷"瀑布落差达到15米以上，水流凌空而下，银花四溅，水声隆隆。四周的崖壁上长满繁茂的树木。瀑布水从林间穿流下泻，形成罕见的"森林瀑布"。

在冬季，九叠泉形成冰川瀑布，从悬崖上倾泻而下，飞起的万千水滴瞬间变成了冰粒，组成簇簇冰柱，就像银光闪烁的烟火，使人仿佛到了仙界。而在这瀑布群中，就有仙人洞，据说是神仙居住的地方，至今仍有人去朝拜上香。

从九叠泉瀑布下来，他们进入了原始森林。高大挺拔的参天古树，令人惊叹的奇松怪石，一切都那么原始，一切都那么淳朴，一切都那么自然。

早上微凉的天气已渐渐转暖，人们身上也冒出汗来，兴致却没有消减。

很幸运，他们没有遇到大型的食肉动物，只看到小花鼠在林间蹦来蹦去，并不惧怕人，也许是见到了不同于它的别样生物而感到好奇吧!

流连在龙潭瀑布、金溪谷瀑布、银溪谷瀑布、一线天、水帘洞、原始森林、仙人洞等景观中,人已沉醉,不愿知归路。

瀑布群与各处景色动静结合,或平静如镜,或奔腾如马;或色如丹青,或五彩斑斓;或如溪流,或如河泊,在丛山绿树中,或明或暗,神秘莫测。

中午下到山底,午餐时每个人的胃口都出奇地好,之后驱车上路,夜宿牡丹江,大家从原本互不相识,经过两天的同吃同乐,都混得很熟,感觉越来越好,感情也越来越融洽。

5日,也是一个大晴天,在出发之前,他们去参观了"八女投江"纪念碑,合影留念。

在到尚志市的时候,参观了"尚志碑林",看到了世界上最大的篆刻印章"九龙印",世界上最大的毛笔雕塑"雕龙笔",全国最高最长的碑廊和世界上最大的书法艺术回音壁,真是让人大开眼界。

旅程圆满地结束,可是激动的心情却没有平复。小黄心中的小九寨还在不断浮现,那翡翠的绿、透明的水、妩媚的山……

他深刻地体会到了"旅行并快乐着"的真谛。现在的他,真正爱上了户外,爱上了自然。

百草园自驾游

2006年4月23日清晨,由杭州大厦组织的VIP会员自驾游车队顺利出发,开始了为期两天的安吉百草园之旅。

百草园清新的空气里洋溢着温馨和愉悦。

中南百草园位于竹乡安吉,距杭州仅65公里,是当时长三角地区最大的生态观光园。

园区内淡竹成林,风光秀丽,高达95%的植被覆盖率让人顿觉疲劳尽消。

四月芳菲将园区装扮得分外妖娆,连孔雀都争相地开屏斗艳。

青山、翠竹、苍松、绿湖……一个更胜鲁迅先生笔下的百草园,还有什么理由不忘记都市的喧嚣。

会员们在青山绿水间采春茶、挖竹笋,十足地体验了一把田园野趣。

竹玩区里,大人小孩一同玩着竹子做成的跷跷板、滑滑梯,这样的娱乐原本就没有年龄界限。

百草园里随处是长凳和秋千,柔和的日光下,坐于自然间小睡片刻,如何不让人沉醉在大自然里。

23日晚,正值歌手杨臣刚的百草园演唱会。夜幕降临,会员们边吃边欣赏着现场版的"老鼠爱大米",连胃口都比平日好了几分。

饭后的篝火晚会让人尤其兴奋，素不相识的人们手拉着手，围在篝火旁忘情地唱歌跳舞，陌生的脸在开怀的笑声中变得无比亲切。

24日下午，回杭州的时候，会员们依依不舍："这次活动很开心！"

星期一又要投入忙碌的工作中了，心情却不再烦躁。百草园里"偷得浮生二日闲"，仿佛给车加满了油，生活又重新变得动力十足。

当问及自驾游体会的时候，一位会员斩钉截铁地说："下一次，我还要开着爱车出游去！"

旅游景区干警情系游客

2007年春节黄金周期间，在四川省乐山市大佛景区，发生了一系列感人的故事。

2月20日，大佛景区值勤武警捡到一个皮夹，迅速交到了服务台，里面有成都游客奚晓勇的身份证、工作证和其他证件。

想到游客肯定着急，大佛派出所民警余友谊，利用皮夹里的一张租车凭据，主动找到奚晓勇租车的车行，请其转告奚晓勇本人与派出所联系。

第二天，奚晓勇与派出所民警余友谊取得联系后，民警将证件寄给了奚晓勇。

奚晓勇说："乐山警察真是好样的！"

同样在20日，大佛景区执勤民警晁光明，巡逻至海师洞处时，发现喷水净瓶下有一个黑色小包，打开一看，里面有一部照相机和两个胶卷。他迅速与景区广播站取得联系。

经广播站广播后，成都游客齐某等赶到佛头"情系游客服务台"，领走了遗失的相机。

2月21日中午，宜宾游客杨某一家，在大佛景区游玩时，其6岁的儿子杨敏，在临江阁与其走散。

执勤的民警石陆林了解情况后，立即带领巡逻队员四处寻找，终于在梅园处将其儿子找到。

杨某一家喜极而泣，对分局民警周到的服务感激万分。

2月26日，是春节大假上班后的第二天。一上班，景区公安分局就收到了陕西游客王德明寄来的感谢信。

原来，在大年初二14时许，陕西游客王德明因游客太多，和亲属走散后，独自一人走到人迹稀少的下观音寺，因体力透支而心脏病发作，晕倒在僻静的岔路口。

这时，大佛派出所所长原旭佳巡逻至此，立即帮病人将随身携带的急救药服下，挽救了病人的生命。

为做好节日期间大佛景区的安全保卫工作，为广大游客营造一个良好的旅游环境，市公安局从巡警、交警、武警、消防等部门抽调了上百名公安干警和消防官兵，及时为游客排忧解难。

节日期间，景区还设立了"情系游客服务台"，为游客提供咨询、茶水等服务，向游客发放警民联系卡。

同时，景区还为民警配备了"便民服务包"，里面备有针线、急救药品、便民服务指南等。

四川省乐山市公安干警们热情帮助游客排忧解难，把景区当做温馨的家，把游客当做亲人，一致行动，让游客们大为感动，温暖了人们的心。

黄金周旅途趣事多多

2007年"五一"长假结束了,人们回来后,都这样问道:"去哪儿了?感觉怎么样啊?"于是,大家纷纷说着自己的旅途故事。

2007年5月4日晚上,郭先生抵达了格尔木—青藏公路的起点。第二天一早,他们跟随往拉萨送车的张师傅开始了青藏线之旅。

走过风雪中的昆仑山口,走过艰险的五道梁,张师傅看大家没什么高山反应,笑着说:"行,下面是可可西里,注意点两边,看看能不能看到藏羚羊。"

一听到这,大伙马上精神倍增,把那微微的头涨头痛也都抛在了脑后。

漫漫的高原,他们的双眼从这边扫到那边,一丁点的异动也不想放过。可是,他们只看到金黄的草原,远远的雪山,正在修建的青藏铁路,还有为野生动物修建的长达几十公里的涵洞。

在索南达杰保护站,他们稍作停留,没有见到一个工作人员,有可能是进腹地开展行动去了。他们只是在保护站对面的宣传牌子上看到了藏羚羊的画像。

在离开保护站不久,他们看到平坦的草地上斜插着四根"木桩",车子一闪而过。

刚刚开出几百米,他们又看到了十几个"木桩",就在车子掠过的一刹那间,那些"桩子"动了起来。

"藏羚羊!藏羚羊!是藏羚羊!"

"刹车!刹车!快刹车!"

藏羚羊小小的脑袋瓜朝着公路的方向,圆溜溜的眼睛直盯到你心里去。

原来它们刚才都在吃草,头埋在草中,露出来的黄褐色的直溜溜的脊背就像木桩一样。其实在茫茫的可可西里,哪会有什么木桩呢?那是12只可爱的小巧玲珑的藏羚羊啊!

他们抓起相机,顾不得高原地区动一动都要喘的感觉,飞也似的冲下车,冲下路基,可是快速不是个好策略。

他们一跑,警惕的藏羚羊也开始逃离,它们的时速可是80公里。

他们立刻停下脚步,慢慢地接近,举着长焦镜头,顾不上画面的整齐、线条的美感,只要稍一清晰,就立刻按下快门。

就在他们慢慢接近的同时,藏羚羊也慢了下来,但总是和人们保持一定的距离,悠闲地向草原的腹地走去。

端着相机走了200多米,大家实在走不动了,只能为长焦镜头换上增倍镜,希望能够留下藏羚羊的身影。

藏羚羊好像很通情达理,也停下来向这边张望。终于在镜头中,看到了藏羚羊可爱的面孔:透着一丝警惕,透着一丝高傲，还有一点好奇，远远地张望着手拿相机的人们。

这时，人们顾不上欣赏，只想把收入镜头的一切表情都记录下来，快门咔嚓咔嚓，也不知拍了多少张。

显然，藏羚羊对人们的兴趣，没有人们对它们的兴趣大，仅仅对视半分钟，它们就迈开那矫健的长腿，几个起落，就消失在地平线的那边。

人们端着相机，久久不愿离去，说不出是大喜过望，还是失落至极。

应该还是欣喜的，因为那一天里，有几千辆车通过，只有那几分钟里有藏羚羊……

在出发去九寨沟之际，帅先生对这趟高原之旅并没投入多大的想象力，只是希望呼吸几口洁净的空气。

春天的九寨沟，淡了许多图片中渲染的"童话般的梦境"，但是，也不失为一个理想的踏青之处。

与九寨沟齐名的黄龙沟在海拔 3000 米以上，以峡谷、彩池、雪山、森林"四绝"著称，原始森林深处是大熊猫、金丝猴、牛羚、云豹的理想栖息之地，其低温高钙的喀斯特地貌，早被列入世界人与生物圈保护区。

5月6日中午的高原上，艳阳高照，穿一件毛衣都觉得热，帅先生一家三口乘出租车沿雪山蜿蜒而行。

车至高处时，山下的和风在这里瞬间变成了朔风，刮得脸面生疼。

进到黄龙风景区内，这时正逢枯水季节，静默裸露着的钙化层没有了湖水的温情遮掩，倒也有着十二分的坦荡。

沿上山栈道踏步缓行了10来分钟，正想着就此回头下山，天上忽然掉下来几颗小雨点。

"是小雪粒!"帅先生6岁儿子的小巴掌上，接住的居然是三五颗雪粒。

5分钟之内，小雪粒变成了大雪粒，10分钟之后，大雪粒变成了大片大片的雪花，只见白色的雪层越来越厚，越来越亮。

惊喜中舔着雪片、搓着雪球的小儿子，再也不肯爬山。太阳伞此时变成了挡雪伞。尽管如此，大团大团的雪花还是扑满衣服，伞不一会儿就变得沉甸甸了。

再看身边为数不多的游人，许多虽然背着鼓囊囊的"氧气枕"，但个个神采飞扬，都为这大自然的奇妙变化大吃一惊。

在3500多米的高原登山，此时全然没有想象中的艰难。越接近山顶，长年不枯不冻的大小彩池也越来越多，宝蓝色的池水中倒映着白雪披挂的森林与灌木，煞是迷人。轻轻取下身边松枝上的雪团放进口中，一时竟不知身在何处。

下山的时候不再有上山时的期盼，便多了几分闲散。仅仅3个小时，大雪收住了，远处的雪山明晰得触手可及。

南昆山本来是一个清幽天然的去处，然而这个"五一"的南昆山之行,却让陈先生很受刺激,原来,由于临行前准备不足,他们的车险些抛锚深山。

5月4日上午,他们开车向南昆山驶去,由于时间匆忙,仗着广东境内道路的指示牌向来比较清晰,他们没有仔细打听路线便大胆上路了。

13时,路过增城时,陈先生注意到油箱里的油还剩一半,盘算了一下,南昆山离这里应该不远了,所以决定上了山再加。想不到,这个错误的决定险些害得他们抛锚深山。

一路上不断出现南昆山的指示牌,他们便放心地跟着指示走,可是天越来越黑,路却似乎没有了尽头。

到了半夜,写有"南昆山"的招牌却仍然不知疲倦地指向远处。

深夜1时多,小车孤单地行驶在漆黑而又蜿蜒的山路上。驾车技术一般的陈先生早已经捏了一把冷汗,而更要命的是,油箱指示灯恰恰也在这时凑热闹地亮了起来。

举目远望,四周不见一户人家和灯光,而车却似乎随时都准备罢工熄火。

关掉空调,放轻油门,他们用了所有的办法尽可能地节省汽油。

这时车厢静得出奇,大家似乎都屏住了呼吸,陈先生甚至开始盘算该如何让车安全地在山里过一夜。

这时突然一个转弯,一片灯光跃入眼帘。"旅馆!"

同车的人同时叫出声来，这一刻，这片异乡的灯光比什么都亲切！

后来，听朋友说，他们按指示牌走的那条路一直通往南昆山的后山，那里尚未开发旅游。也就是说，他们一个晚上翻越了整座南昆山，难怪一整箱油都不够。

在这个黄金周里，许多爱好旅游的朋友在不同的地方感受到了不同的风景，也使一直进行着朝九晚五的都市生活的人们，得到了放松的时间，使紧张的生活状态得到了调整。

桂林之旅感受愉悦意境

2007年"五一"黄金周，河南许昌的林先生去桂林旅游了几天。

5月2日，林先生从许昌乘车，于3日凌晨3时到达全州。在全州逗留了两天，后又乘全州到桂林的大巴到达桂林。

然后，给一家正规旅行社打电话，请一名正规导游。

导游指导了林先生桂林游注意事宜和主要景点，还给林先生推荐最合适的阳朔住宿地点。

那天下午，导游陪伴林先生漫步到桂林火车站，送他上了去往阳朔的大巴客车。

天气闷热，林先生怕旅途遥远路上口渴，乘车子没有走的空当，下去购买了两瓶纯净水。

上车后，他发现有个小姑娘坐在他原来坐的位置上。小姑娘白皙的皮肤，眼睛里透露着童真和可爱，两个羊角小辫更是讨人喜欢。

"你爸爸妈妈呢，孩子？"林先生微笑着问。

"叔叔，我一个人去阳朔。"孩子用普通话回答他。

"哦，好孩子，你多大了，上几年级了，在哪里上学啊？"

"我10岁了，四年级，在阳朔上学，我爸爸在桂林工作,妈妈在阳朔教学。"孩子回答。

林先生递给小女孩一瓶水,叫她渴了就喝。

车行至半路,孩子就瞌睡了,林先生拿下软包裹给她铺好,衬上香巾纸,叫孩子头依靠着睡觉。他想,我的孩子如果在路上,相信也会遇见愿意照顾他的叔叔或者阿姨的。

到了阳朔,林先生最后下车,用手机给这个小孩的妈妈打电话,等她的妈妈来接之后,他才离去。

阳朔的山是如此地绿,绿得就像画家有意渲染似的,不是一片一片的绿,而是漫山遍野的绿。

阳朔的山是那样地陡峭,陡得叫人以为这是没有路径的山,或许是因为陡峭,才使得人迹罕至,才使得植被顺利挺立在山冈而没有遭遇人为的砍伐。

阳朔小城,少的是轿车,多的是电瓶车和摩的以及自行车。在人流中,在青山下行走,摩托车是比较便捷而经济的交通工具,3块钱他就到了进士路。

安顿好住宿事宜,舒服地洗了个澡,看天色尚早,林先生便信步来到川流不息的大街上。

遇见挑篓卖水果的大嫂,那种香蕉奇大无比,呈多角形,林先生本是一个好奇而嘴馋的人,不免上前问道:"你这个是什么香蕉啊,这个是什么?还有这个?"

"这个是芭蕉,酸甜的,很开胃的,一块五一斤;这个叫枇杷,3块一斤,很甜的;这个是杨梅,酸酸甜甜的,很好吃啊!"水果大嫂笑容满面地回答他。

"嗯，好看，好听的名字，给我一样一斤吧，尝尝，好吃的话走的时候多买点了。"

边吃边走，边欣赏阳朔的山，稀奇的亚热带水果对林先生来说有点口感不适宜。

这时，耳边传来哗哗的流水声，近了，才看见好大的一条江，原来是美丽的漓江。

两岸群山耸立，近水多是高大的毛竹，江中有裸露出来的草地，草地上有漫步的人和悠闲的骏马，几只鸭或鹅浅滩戏水，好一幅中国水墨画。

这时，林先生禁不住飞奔而下，融入这意境之中……

夕阳西下时分，林先生上了岸，游走在往东方向的路上。

街道两边多是宾馆和酒店，建筑多为仿古，倒也显得有那么些味道，是远来的游人对阳朔想象的味道。

在阳朔县城你不必刻意地行走，也不用焦急地寻找什么景点，这里的城市和乡村缺的就是匆匆的脚步，不缺的就是形形色色的背包客和各种肤色的悠闲的人们。

在一家小商店门口，林先生看见了甘蔗，心想：这下可不会吃到假冒的广西甘蔗了。3块钱一根，分成五截，用红色的塑料袋子装了边走边吃。

果真是地道的广西甘蔗，好甜啊！甜得林先生只能吃一小截，再也吃不下去了。可是，扔了又可惜，他忽然发现一个外国人在亭子下面望江看风景，想他一个人跋山涉水地来中国，就把甘蔗给他吧！

又想，交流有难度，再被国人痛斥为崇洋媚外又不划算了。好多悠闲的人们，给他们吧，也不行，国人想法复杂，尤其是出来的人，一定以为我有什么目的。搞不好好事做不成还要招惹麻烦呢！

那就给他吧，林先生走向漓江边上停靠的渔船。

靠岸的船只上，有一对年迈的渔民夫妇在船尾吃饭，林先生走近他们说："大爷，甘蔗很甜，我吃不掉了，给您老人家吧！"

渔民老大爷也不推辞，驾了竹筏向他驶来。林先生趁机拍了老人家的照片。

这时，船上吹奏笛子的老师说："我们几个是高中的老师，利用晚上出来赚点外快，二来可以锻炼自己的爱好，能更好地坚持下去。"

林先生说："这样吧，10元一曲，你们先给我演奏我们河南有关的曲子《牧羊女》，少林寺的主题曲，会吧？"

"会，会，这个很经典的，好的，你这样喜欢音乐，不要钱也要给你演奏。"老师说。

为他一个人的演奏，让林先生感觉很幸福。

他努力地鼓掌，并大声对游人说："民族音乐是我们的文化符号，洋人不欣赏，我们国人要支持啊！就是因为有像几位老师这样的中国人，我们的文化才得以绵延不绝，大家多点曲子啊！"

几位老师听了林先生的话，也十分感动。

接下来，的确有不少的同胞纷纷点曲子，林先生则带着会心的愉悦离开了。

这次游桂林，让林先生感受到，这里的人们都很实在，民风很淳朴。

在这里，不必把自己当外地人，这里到处都是树木，走累了可以随时停下歇息。

登括苍山高峰观日出

2007年"十一"黄金周,许多爱好旅游的朋友都纷纷背起行囊,纵情远行。一位温州旅游爱好者说起了他们的旅游经历。

在节前,他们听一帮旅游爱好者谈论去临海括苍山游玩的经历,颇为好奇,便约上几个朋友匆匆上路。

括苍山是浙江名山之一,位于台州临海张家渡镇,主峰米筛浪海拔1382.4米,是浙东第一高峰。

为了顺利爬山,前一晚,他们就来到了古城临海。由于以前来过一趟古城临海,知道临海城中还保留了江南城市中少见的城墙,便打算和几个队友夜游临海古长城。

游临海古长城是先从东湖公园旁的揽胜门开始,登198级的好汉坡。登上好汉坡,前面是顾景楼。登上顾景楼后,视野非常开阔,临海整个城市几乎尽收眼底。

他们一行人在感叹江南长城的雄伟和壮观时,也决定扎营夜宿长城烽火台,与这历史的遗物做一次亲密的接触。

第二天一早,老人们陆续上山晨练时,他们便起身开始准备一天的行程。在车站,他们很容易就登上了去张家渡的车,又坐上三轮车到了括苍山脚的东方村。

到中午 12 时，他们还没走完一半的路程，不过很多山头都已经臣服在他们的脚下。

山上的天气还算不错，一路走来他们浑身都是汗。将近 13 时，他们走到绕山公路旁的一家农家菜馆。来吃饭的人很多，不过全都是开车的。

当他们背着 20 多公斤的登山包，出现在农家菜馆里的时候，马上成了全场焦点。他们能感觉到人们崇拜的眼神：走路的和坐车的就是有些不同。

坐在菜馆门前的台阶上，听着风声在耳边呼啸，他们环顾四周，白色的风车盘旋绕行整个山峰，蜿蜒成线，很是壮观。

因为风车已经近在眼前，此时整个队伍中每个人都显得特别有精神。而实际上，人的眼睛有时会欺骗人，剩下的盘山公路又长又难走，他们只有不停地找山路，找捷径。

到达第一座风车的时候，已经是 17 时多了，山上已经有很多旅游者了，大家格外亲热，相互打招呼，就像朋友一样。

他们的路还没结束，他们要的是海拔 1382.4 米，最高点才是终点。当他们爬上顶点，卸下包裹，远望群山和云海的时候，感觉真是无比轻松，心里想："我们又登上了人生中的一座高峰，又一次战胜了自己。"

早上 4 时多的时候，营地已经很热闹了，看日出的朋友全都起来了。可能是等的人太多了，国庆节的太阳迟迟不愿露出它的面容。

　　这是可遇而不可求的事情，他们经历过也就不后悔了。

　　下山的目的地是仙居。一路上，他们沿着溪流下行，又得到了当地老农的指点，走的是一条临海到仙居的古道。

　　虽说是下山的路，但由于昨天的劳累，他们也颇感吃力，但每个人都坚持走完了自己的路。

　　回想这段行程，每个人心中都有一番感慨。

难忘的楠溪江源头之旅

2007年"十一"黄金周,宁波旅游爱好者小李参加了楠溪江源头之旅。

向往的楠溪江源头之旅小李是只身参加,他借了背包和防潮垫,一路都开心地笑着。后来,小李发现车上有个挺面熟的人,就坐在他的后面一排,一看,原来是当年2月,去安吉滑雪归来那天,曾经同桌吃过饭的小安。于是他们就聊开了,聊旅游、聊户外。

第一天的车程长达11个小时,第二天的行程只有3小时,为了抢占营地,早晨7时30分出发,10时30分就抵达了周坑口营地。

他们在一片小树林里扎营。中午,他们一起煮了饭和面条,就着牛肉酱和咸菜,吃得很香。下午,蹚过月亮湾,在小溪拐弯的一个阴凉处乘凉,非常幽静、凉爽、惬意。

同行的小安带着防潮垫,在这里躺下来舒服地睡了一觉。小李则坐在一边的岩石上,听着潺潺溪水声,静静守候。

后来,小安说,这是最舒服、最值得怀念的一个下午,什么都不用想,什么都不用做,抛开一切烦恼,安静地休息……

当晚，一两百个帐篷搭在周坑口，有人 24 时多还在说话，有人 2 时就起来烧水。四五点钟时，鸡啊狗啊又开始叫个不停。不知道是因为不习惯还是周围太吵，反正小李几乎一夜无眠。

从周坑口到罗垟村的路程，小李和小安总共花了 7 个小时，一路换了好几次鞋，涉溪穿沙滩鞋，爬山换登山鞋，后来不知不觉地便超越了大部队。

小安喜欢走在最前面，小李则喜欢跟着别人走，于是，他们俩联合创下了第一名的纪录，最终比大部队提前一个半小时到达罗垟村。这在小李的户外运动史上是前所未有的，一般他都是落在后面。

不过，他们发现了爬得快的代价，那就是照片拍得太少，可惜了。

那天，小李终于发现自己的强项原来就是溯溪，因为身体协调性和平衡能力还不错，所以走得比一般人都快，并且保持了全程不摔跤不滑倒的纪录。

连小安都不禁佩服。小安说，他有恐高症，有一段阴凉的山路走得特别慢，特别怕。

每次小安慢吞吞、小心翼翼地过一个貌似艰难的路段时，小李就觉得很奇怪，这个地方有难度吗？然后三下两下轻松跨越，直让小安目瞪口呆。

楠溪江源头的水非常清澈、非常甘甜，他们一路喝的水都是直接从溪里舀起来的。溯溪而上，早上出发的时候水很凉，走上一两分钟便冷得受不了。

到下午的时候，水已经很温暖，走在水里，异常地舒服。一路的风光也不错，路过了三四个大瀑布，非常迷人。

当夜，小乱和胖鱼、小远围着篝火直到 2 时。

小李也在帐篷里一直没睡着。这个村子海拔有 935 米，寒气袭来，他穿上了毛衣，盖上了冲锋衣，还是冷。迷糊了不知多久，被村子里的狗吠声吵醒。这晚大概又只睡了两三个小时。

第四天 9 时 15 分出发，全程 7 小时，实际行走约四个半小时。后来，大家到了一个山坡，一伙人去挑战永嘉第一高峰。

旅后带着垃圾回家

2007年"十一"国庆黄金周,杭州旅游爱好者小薇和朋友们去了临安杨溪峡谷。

她认为,这次活动其实强度并不大,只是因为潮湿路滑,技术性要求高,很多人穿错了鞋,所以才备受折磨。但是,一路还是插曲不断,笑声不断,非常开心,非常难忘。

早上8时多,大家都已起床收好帐篷。小秦却坚持自己一贯的风格,不到最后一刻绝不起床,被人数次掀翻帐篷还能呼呼大睡。醒来一看帐篷翻了,感慨万千:昨天晚上风真的好大哦!

大温是本次活动的领队,非常负责,是一个坚定的环保主义者。

他一直坚持自己的原则,最后把所有的垃圾都收集起来,带出深山,运回杭州。

他坚决反对人们把垃圾留给当地村民焚毁,认为这样仍然会造成环境污染,而杭州市区的垃圾处理能力强,可以最大限度地降低污染。

虽然小薇自己一直很倡导环保,从不乱扔垃圾,但是却从未想过要把垃圾带回市区。她内心不是特别赞同这种观点,但还是决定支持一下,于是积极认领了一袋垃圾塞进了自己的包包，带出了山。

结果，还没出山就看见村民正把一车车的工业垃圾往清澈的溪水里倒，他们说："这个水我们不喝的，没关系的。"

大温在愤慨之余，立即拍照取证，并向临安"12345"投诉。

在旅途中，笑料和笑话有很多，总之就是两个字：开心。

冒险攀越正江山岩壁

2007年10月5日7时，温州瓯江畔安澜亭码头，温州旅游爱好者一行7人，登上瓯江渡轮，奔赴正江山。

两位队长，在这之前已经冒险勘探过正江山的穿越路线。

在这天，队长不仅为队员们免费提供了登山杖和其他户外活动工具，更让队员们感动的是，从永嘉码头上岸开始，一路的交通工具，竟然安排得妥妥当当，使他们得以按照既定时间到达北坑。

车辆不能前行的路口，他们便下车徒步，渐渐告别了世俗的喧嚣。

偶有村民从房子里跑出来问："你们是从市里来的吗？"

他们答："是。"

也有的招呼："晚上你可以住我们家。"

他们听得出来，这不是商业的吆喝，是淳朴的待客语气，便报以微笑说："谢谢。"突然发觉，这种微笑不是职业的，是久违多时的内心愉悦。

也许这里很多年轻人到城市打工去了，以致村落显得冷清。只有这些山谷、溪水、清风，还有几位行动迟缓的老人、几只黄犬仍旧坚守着家园。

此后的行程，队员已经忘了时间，只记得在横潭两溪交汇处午餐休整后，他们在峡谷中继续行进。

沿途为避免过多涉水带来重复脱鞋穿鞋的麻烦，他们在峡谷的岩壁上攀越。很多次翻越时无所畏惧，向后望时惊心动魄。

跋山涉水、翻山越岭，他们承认途中曾留下食物屑末、唾沫、汗水，但保证没有留下任何难以分解的塑料袋和金属制品。所以，他们骄傲地重复表扬自己。

终于，在登上山顶的时候，他们望见对面龙潭山公园人工铺就的道路上游人如织。

对比此峰彼峰，7个人无端地生出凌云壮志，一定要集体拍照留念。照片出来后，却发觉平淡无奇。

原来，境界在心里，照相机记录不了，笨拙的文字也记录不了。

黄金周促进市场繁荣

2008年春节黄金周期间,各地开展了丰富多彩的促销迎春活动,市场销售总体繁荣稳定。

北京地坛、龙潭湖等多个公园举办奥运主题年庙会。

石家庄苏宁电器举办了捏面人、剪纸、泥塑脸谱等民俗艺术表演。

沈阳十二线蔬菜批发市场面向学校、工厂、部队、机关、工地、社区居民,实行24小时新鲜蔬菜配送到家服务。

广东、上海等地针对众多外来人口留下过年的情况,推出"人人吃年夜饭""千人饺子宴""迎春鲜花会"等活动。

春节黄金周期间,食品、家电、金银珠宝备受追捧,御寒用品热销。

餐饮业生意兴隆,年夜饭继续成为亮点。

全国各地的老字号饭店推出各种活动,招揽人气。

春节期间,书店、图书馆里"充电",博物馆里增长知识,体育馆里锻炼健身等度假方式,成为越来越多人的选择。

2008年2月,据商务部最新市场监测,在这个春节黄金周,鼠年春节国内市场商品丰富,供应充足,价格平稳。

从大年三十至正月初六，全国实现社会消费品零售总额2550亿元人民币，比上年春节黄金周增长16%左右，其中餐饮业增长18%。

1月中旬以来，南方一些省区受到低温雨雪冰冻灾害的侵袭。

全国商务系统努力克服低温雨雪冰冻灾害影响，全力以赴保障市场供应。

各级商务主管部门密切监测市场，落实应急预案，积极组织产销衔接和紧急调运，及时投放储备商品。粮油肉蛋等副食品存货，可供销售天数和库存数量均有较大幅度增长。

为保障灾区市场供应，商务部、财政部对贵州、安徽、江苏等重灾区，通过"南菜北运""北菜南下""西菜东调"，组织40万吨蔬菜销往灾区。

各地商务主管部门发扬"一方有难、八方支援"的优良传统，积极向灾区调运生活必需品和应急物资。

海南省每天向内地组织调运1万吨左右的蔬菜、瓜果，主要供应灾区市场。北京、上海、四川等地积极联系应急救灾物资货源，支援灾区。

正是因为市场的稳定，春节期间，各地人民节日生活才得到了有力保障。

清明节唤起青年人感恩心

2008年3月28日，清明节快到了，人们都计划着祭祖的事。

3月27日中午，在一个小学校门口，记者问几名正快乐地准备回家的小学生说："你们知道清明节吗?"

几个小学生迟疑了一下，二年级学生赵明和张强对视一下，摇了摇头。

一旁的同学晓林举起手喊道："我知道，清明节是扫墓的日子。"

一位家长说："我认为家长和学校应向学生进行一些传统文化的教育，比如孝敬父母。有些孩子只知道向爸妈要钱，从不过问爸妈怎样辛苦挣钱的。"

另一位老人说："我经常趁孙子高兴时，给他讲些老道理，孩子有时还很感兴趣的。今年清明，我们爷孙俩准备要好好谈谈，让他知道什么是清明节。"

3月23日，在天桥公墓内，一位父亲带着孩子瞻仰祖辈墓碑时说："一个人只有懂得敬畏和感恩，才能在人生征途中不迷失方向。现在，家长对孩子都有着不小的期望，要让孩子从小懂得去珍惜，要让他们知道自己是从哪里来的，以后不管有多大成就都不能忘本。"

张先生谈起让儿子参加扫墓，觉得心中很欣慰："孩子一出生就在城市，哪里见过农村里经常用的铁锹？今年3月22日，我为扫墓专门买了把小铁锹后，孩子对它还真感兴趣，一说要到华林山扫墓，孩子从出家门就坚持由自己扛着铁锹。大人们打扫后的灰尘都是他铲的，孩子真懂事。"

对于让孩子亲自参加扫墓，吴先生说："孩子是一个家族的未来，让孩子参加扫墓，可以教育孩子对祖宗亲人要铭记、怀念，让孩子知道他是从哪里来的，知道应该怎样去感念祖先，感恩父母，对孩子的成长是有帮助的。"

清明节，让孩子陪着父母去扫墓也是感恩教育的一种形式。感恩教育对孩子形成健康的积极向上的人生观是非常有帮助的。

感恩的形式有很多种，在家孝敬父母，在外尊老爱幼，对国家、对祖辈、对父母、对社会都应该感恩。感恩教育不受时间地点限制，只要家长和社会多注意，可以让我们的下一代都有一颗感恩的心。

中国民俗学会副理事长、兰州大学民俗学教授柯杨认为，清明祭祖，它直接表达的是中国人对祖先的崇拜，其内涵是孝文化。

在许多传统的节日中，清明节是一个最能发动整个社会产生大规模行动的祭祀先人的日子。

由于它体现的是孝道，因而这一节日历来都受到重视与鼓励。除了体现孝文化外，清明还有踏青、放风筝、植树、插柳等风俗活动。

柯杨教授建议,现在清明节成为法定假日,大家都有空,相关部门不妨组织一下,把清明节的活动搞得丰富一些,让传统习俗借着假日这个载体,营造一种浓郁的传统文化氛围。

兰州市殡仪馆办公室主任杜敬建议,人们过清明节,应该注重其真正的内涵,那就是在慎终追远中展示孝敬,向已逝的亲人、祖先庄重地送上思念与敬意。特别是大人,应通过自己文明、庄重的行动给孩子提供一个认识孝文化的环境,间接地对孩子进行感恩的教育。

长假心理走向成熟

2008年国庆黄金周,是"五一"长假变短后,迎来的第一个7天长假。同时,自1999年10月1日实施黄金周后,这年恰好是有黄金周以来的第十个年头。

刚刚从新疆回来的南京某中学的赵老师,显得非常疲惫,但感觉还是非常开心。

大家有了足够自由支配、放松心情的时间,可以去做很多平时想做但没时间或没充分时间去做的事。

这个长假,赵老师和妻子一起去新疆旅游。他说:"今年'五一'长假取消后,增加了清明节、端午节、中秋节等法定假日,小长假一连串,好是好,可就是时间太短,没法进行长线游。这个黄金周是今年第一个真正的长假,时间充裕,我们玩得非常过瘾。"

像赵老师这样尽情享受黄金周"黄金时间"的市民有很多。

刚刚从四川回来的沈先生说,他是个户外运动爱好者,"十一"前,他就在网上发帖邀请其他旅游爱好者一起出行,最后决定徒步穿越四姑娘山、毕棚沟。

他说:"现在7天长假只有国庆和春节两个了,而春节要留在南京陪家人,国庆黄金周的时间才是属于自己的。"

除了出门旅游，也有不少人利用长假回老家探亲。在南京工作的沈女士老家在甘肃，她说，她回一趟老家在路上至少要花两天的时间，利用3天的小长假来不及，所以，这个长假，她和丈夫回老家看望父母了。

南京工业大学温老师，这个假期则一直留在南京。他说，平日忙于工作，双休日或者小长假也就是去父母家吃顿饭，真正陪父母的时间很少。

这个长假，他陪父母去了中山陵、玄武湖，其他的时间就待在家里，听听音乐、看看书，和父母交流交流。他说："每天吃着父母做的饭，陪他们逛公园、购物，一家人其乐融融，真是一种享受。"

还有很多年轻人则把黄金周作为休息的黄金时间，他们选择了足不出户，在家里当起"宅男""宅女"，上网、看书……

在珠江路某软件公司工作的彭小姐，这个假期彻底地做了一回"宅女"。

"路上到处都是车，景点、商场里也人满为患，这种时候，像我这样的'新新人类'不会去凑这个热闹。我每天在家睡到自然醒；饿了，叫外卖，不行就到楼下超市买点方便面对付着；困了，就睡觉。"彭小姐说，"黄金周的时间对我来说太宝贵了，我要把它用足用好。"

小葛在一家房地产经纪机构工作，据他介绍，这年黄金周他一直待在南京，最远就是跑到中山陵免费景点玩了一次，其余时间则在家看书睡觉。

他说:"往年,我一般是回南通老家,或者出去旅游,来回赶路感觉特别累。今年我决定在家休息,让黄金周真正成为放松的长假。"

智联招聘针对 5000 多名上班族进行的调查显示,近半上班族 7 天长假开销不到 500 元。

对此,有关人士表示,不管是出于什么原因,黄金周不蜂拥出行,说明市民的"长假心理"逐渐成熟。

随着带薪休假等制度的进一步完善,黄金周有望从"消费周""旅游周""赶路周"回归到"休闲周"。

邯郸站黄金周强化措施

2008年"十一"黄金周,邯郸火车站旅客发送量再创新高,连续多日日发送旅客突破2万人;运输组织再上新台阶,日均办理车数连续多日超过1万辆大关……

而在这一串令人振奋的数字背后,则是一个个令人感动的故事。

为了保证旅客在黄金周期间的顺利出行,车站强化售票组织,采取了加开窗口、组织联劳等多项措施。

在这场售票攻坚战里,售票厅内的"娘子军"令人刮目相看:

看上去弱不禁风的售票员闫玉敏,硬是创下了日售票2400多张,售票进款17万元的纪录;

售票快手梁秋焕按照车间安排,从四班售票组调到了工作强度最大的日勤窗口售票,不仅毫无抱怨,而且主动加班加点;

售票员关秀荣第二年就要退休,但她一点也不以老同志自居,干劲十足,在客票销售的排行榜上一直位居前三名……

为了实现节前制定的"提效率、保畅通"的黄金周运输组织目标,邯郸站通过加强无调作业接发能力,提高有调作业编解效率,采取大型企业快进快出、快取快送等措施，办理车数始终保持在1万辆以上。

10月3日，曾经是铁道部技术比武状元的值班站长李志栋，负责当天的运输组织工作。

当日21时，车间接到路局调度命令，要求当班加开排空大列32136次。面对临时布置的命令，如何解决空车来源成为当务之急。

李志栋了解这一情况后，立即安排货调人员了解当前全站卸空车情况。经了解，在邯钢专用铁路线有一列车铁矿粉，次日2时左右就能完成卸车作业，取出后便可整列排空。

李志栋立即安排当班货调，迅速与驻邯钢货运员联系取挂空车有关事项。

10月4日4时58分，排空大列32136次，准时从邯郸站开出。

正是这些无私奉献的人，保证了人们旅途的顺利出行。

黄金周东航服务更感人

2008年10月1日,祖国的59岁华诞来临,举国同庆。东方航空公司上海保障部的员工,以自己的实际行动,用激情挥洒着勤劳的汗水,谱写着动人的青春之歌,在国庆节期间涌现出了一幕幕感人的瞬间。

9月29日晚,"十一"黄金周的第一天,MU562悉尼到上海的航班,因受台风影响晚到半个小时。

东航上海保障部浦东中转部的员工黄健,为使转机旅客能顺利衔接后续航班,特意赶到廊桥口,为转机旅客做全程引导。

20时30分,航班开始下客,黄健举着牌子寻找转机旅客。

这时,他看到一对夫妇的表情中透露着淡淡的忧伤,而妻子眼眶更是红红的。细心的黄健立即上前询问他们有什么需要帮忙。

先生姓陈,他看了一眼黄健手中的牌子,拿出机票给他看,说:"你好,我们是要转机去北京的……"随即就转过身对妻子说:"别难过了,这次来不及,下次还有机会。"

直觉告诉黄健,他们肯定遇到什么难事了。于是,黄健又对他们说:"陈先生,不用担心,虽然时间有点紧,但是，我会带你们尽快办好转机手续，如果你们有什么其他问题可以跟我说，我尽量为你们解决！"

"真的吗？"陈太太的眼中充满着急切的期盼，"那你能让我们和父亲见一面吗？"

原来，这对夫妻长年在国外，因为工作繁忙，已经许多年没回国了，难得申请到这次长假回国和家人团聚，但是，双方的父母分别在北京、上海，无法兼顾。

陈先生为了能让妻子和她在上海的父亲见一面，特意选择了在上海转机，想利用转机时间和父亲在机场碰个面。

此时，陈太太的父亲在大厅已经等候了多时，但是，因为时间关系，可能苦心安排的计划就要落空。

互相牵挂的亲人近在咫尺却不能相见，这是何等令人伤心和惋惜！

一想到陈太太和她父亲会错过这次机会，可能还要等很久才能重逢，黄健的心情便沉重了起来。于是，他对他们说："我一定帮助你们和父亲见上一面！"

听到这话，陈太太含着泪，感激地点了点头。

只剩15分钟了，黄健带着他们一路小跑，同时用对讲机联系中转厅工作人员做好协调，过边防、提行李、过安检，所有的手续终于得以在航班关闭前顺利完成。

"还有半小时，我带你们去见陈太太的父亲，再送你们去登机口！"黄健顾不上喘口气，立即带着夫妻俩来到国际到达候客区，终于找到了陈太太的父亲。

惊喜、欢笑、泪水，陈太太再也忍不住决堤的泪水，紧紧地抱着父亲，久别重逢的父女激动地欷歔不已……

相聚总是短暂的，互相倾诉了思念之情后，陈氏夫妇在黄健的引导下，很快来到了MU586航班的登机口。

感激不尽的陈太太表示要酬谢黄健，却被黄健婉言谢绝。黄健说："旅客的笑容就是对我最好的回报！"听到这话，陈太太又一次热泪盈眶。

在黄金周的第三天，虹桥机场B号门，一位怀抱婴儿的母亲来到柜台前，由于她丢了登机牌，无法及时找到，显得很着急。

这时，东方航空公司头等舱引导人员何燕婷，看到这名旅客右手提着行李，左手抱着婴儿，很不方便，就先让那位客人坐下，微笑着对她说："您不要着急，再找找看。"

此时，何燕婷始终面带微笑，耐心安抚，并积极主动与离港部门联系，想尽办法帮助客人解决问题。

时间在一分一秒地过去，此时，由于怀抱着的婴儿在不停地哭闹，这位旅客的情绪开始有些着急，和服务员之间的谈话开始有些大声了。

但是，最后当这位旅客拿到登机牌后，何燕婷又安排她上了头等舱，这时，那位母亲心里开始有些过意不去了："刚才是我自己太着急了，态度不好，也不应该把火气撒到你身上，而你丝毫不介意，还尽心地帮我想办法，真是对不起。"她接着问旅客询问留言簿在哪里，想在上面好好表扬一下何燕婷的服务态度。

何燕婷却说:"这是我的工作,没有必要将基本的责任当成什么好人好事来宣传,我们任何一个工作人员都会这么做的,欢迎您下次继续选择我们东航的飞机。"

以一个微笑开始,以一个微笑结束,微笑的魅力、倾听的艺术、沟通的技巧是何燕婷服务的制胜法宝。

国庆长假结束了,东航上海保障部的员工,正以不懈的奋斗为旅客周到地服务,迎接更美好的明天!

黄金周旅游消费平稳增长

2008年,在"十一"黄金周期间,中国旅游总量平稳增长。最新统计数字显示,9月29日至10月5日,中国共接待游客1829.1万人次,同比增长13.2%,门票收入同比增长16.4%。

10月5日,中国假日旅游部际协调会议办公室称,此次"十一"黄金周,是在上半年中国连续发生重大自然灾害等突发事件,旅游业发展遭遇重创后,形成的首次国内旅游高峰,对于确保当年旅游业灾后恢复,促进来年旅游业更大发展具有重大意义。

信息显示,"十一"长假旅游市场,除了呈现当年首次旅游高峰外,奥运后效应呈现多点释放,像北京等主协办城市的假日旅游全面升温。单日参观北京奥林匹克公园中心区的游客最高时达到36万人。

天津、上海、青岛、秦皇岛等城市也成为游客争相前往的热点地区。

在奥运旅游人气兴旺的带动下,各大中城市及周边休闲度假带、乡村旅游以及中西部生态旅游等都呈现了供求两旺的特点。四川、陕西、甘肃等受灾地区旅游也乘势而上,有力促进了灾后旅游市场的恢复发展。

此外,居民出游规律发生明显变化。这次假日旅游高峰比以往延后两天出现，在长假前两天出游人数同比大幅下降后，到第四天迅速形成高峰，同比增幅高达近40%，创造了黄金周假日旅游单日增幅之最。

与此同时，假日消费需求面进一步扩大，出现了一些新的消费增长点：

家庭自驾车游和散客自助游成为市场主体，社会旅馆和家庭旅店生意红火，一些热点景区的停车场临时扩大了几倍；

红色旅游、文化旅游、科普旅游等主题旅游受到大众的欢迎，相关消费明显增长；

内地居民赴香港购物旅游和大陆居民经金马澎赴台旅游成为假日旅游亮点。

"十一"黄金周已经结束。在7天的长假中，中国假日办没有接到重特大旅游安全事故报告和重大旅游投诉。

黄金周休闲理念逐渐成熟

2008年10月1日,又到"黄金周",休闲已是百姓最熟悉不过的一个词语。

从1999年"十一"长假第一个黄金周至2008年10月1日,黄金周在中国走过了10年岁月。

现在,越来越多的人从最初不懂休闲,到集中盲目出游,再到科学理性休闲,10年间,休闲理念日渐成熟,休闲方式日益多元。

现年61岁的济南退休职工解女士,"五一"假期与子女一起去了青岛,"十一"假期与老伴去上海旅游。

解女士说,旅游现在成了"家常便饭",一是经济条件允许,二是有比较充足的假日,可以让自家人一起出游,这在以前怎么也想不到。

她曾经是一家服装厂的职工,上世纪70年代参加工作。她伸出一双关节粗大的手说,那时候,干工作加班加点,没日没夜,有时候甚至干通宵。上世纪七八十年代,大家都是这样,几乎没有休息的概念。

后来,随着经济水平的提高,她感觉工作时间越来越科学。从每周工作6天,到周末实行双休;从实行黄金周制度,到带薪休假制度出台。

随着休假制度的不断变化,休闲走进了老百姓的生活,占据越来越重要的位置。

"说起旅游,也就是这十几年才多一些。现在大家有钱、有时间,才能出门旅游休闲。这几年,我没事就和老伴出去旅游。"解女士说。

解女士收集的旅游地图和纪念品,是从哈尔滨、海南、南京、上海、庐山、武夷山等十几处旅游地带回来的。

好日子,好心情。许多像解女士一样的普通百姓,都在享受着前所未有的休闲之乐。

济南一家公司的职员王小姐说:"几天不出门旅游,心里就痒痒。"

王小姐是旅游爱好者,每到假期,她就约上三五好友外出旅游。

她说:"脱下刻板的职业装,换上舒服的休闲装,心情变得轻松畅快。在旅游过程中,还能认识许多志趣相同的好朋友,大家经常相约自驾游,生活多了很多乐趣。"

"十一"黄金周前一两个月,王小姐就做好了出游准备。她在网络上发起去海南自驾游的倡议,获得了20多名旅游爱好者的响应。

旅游是王小姐生活的一部分,这一点仅从她的服装构成上就能看出。

王小姐说,以前服装基本以职业装为主,因为除去上班,业余时间很少。近几年,休闲装、运动装成为她假期外出最喜爱的装束。

由于经常出游，王小姐的出游"行头"越来越专业：导航仪、指南针、对讲机、睡袋、登山用品等。虽然花费不菲，但她乐此不疲。

"不仅要休闲，而且要休闲得有质量。"王小姐说。这种休闲理念或许可以代表众多年轻人的想法。

近几年，伴随假期制度改革，新的休闲方式越来越多，骑自行车游、自驾游、"拼车游"、"拼房游"等多种形式的休闲方式悄然出现。

随着经济的发展，越来越多的人过上了轻松率性的生活。尽管平时工作节奏快，但休闲元素给生活增添了斑斓色彩。

"十一"假期，山东一家银行的"白领"王女士闭门谢客，关闭手机，过起"窝居"生活。她说，听听音乐、看看书，这种休闲方式对工作紧张的自己而言，是最好的放松。

她说："前几年，每到假期就往外跑，到处人多、车多，搞得疲惫不堪。"

这个"十一"7天假期，她打算把平常没时间看的书和电影好好看一遍；逛逛商场，满足一下购物欲；请几个朋友到家里来，展示一下自己的厨艺。

"现在就愿意利用假期好好放松一下，不一定都要出去旅游。"她说。

经过前几年一窝蜂式的集中出游，大家的休闲理念趋于成熟，更多人意识到旅游、度假不是休闲的全部内容。因此，看电影、泡图书馆、休息、健身……休闲方式越来越多样化。

山东省社科院研究员鲁仁说："有钱、有闲是休闲的基础，中国人现在每年近三分之一的时间在休假，休闲是百姓重要的生活内容。"

中国人经历了从不会休闲到盲目休闲，再到学会休闲的转变，休闲观念逐渐成熟，休闲产业和休闲文化得到培育，这是国家经济发展和社会进步的标志之一。

千里铁路线爱民故事多

2009年"五一"假期期间,太原铁路公安局广大民警立足本职岗位,开展了丰富多彩的爱民实践活动,在千里铁道线处处涌现出感人的事迹,向人们诉说着铁警爱民的故事。

5月2日9时35分许,一对40多岁的中年夫妇匆匆赶到上阳武车站,找到了轩岗站派出所驻站民警刘小林的值勤室。

当他们看到屋内一名20多岁的男青年安然无恙地坐在椅子上时,这对中年夫妇扑上去一把抱住那名男青年,哭着说道:"儿子,这几个月你跑哪儿去了,我们可算找到你了!"

原来,4月30日15时许,驻站民警刘小林,在上阳武站清站查车时,在一列货车上发现了一名蓬头垢面、衣着破烂的扒乘人员,经询问得知该人姓史,家住武乡县,离家出走有3个多月了,一直靠流浪捡破烂为生。

民警刘小林先将小史带到车站澡堂洗了澡,又找来自己的衣服给他换上,并给他买来面包和榨菜;然后,问清小史家中的电话号码,当即给他家中打去电话,把小史在上阳武站的消息告诉了他的父母。

5月2日上午,小史的父母赶到上阳武车站,终于见到了自己离家出走数个月的儿子。

小史的父母紧紧拉着民警刘小林的双手，泪水夺眶而出，激动地说："谢谢你，警察同志！你是我们的大恩人，我们永远不会忘记你！"并当场拿出 200 元钱非要表示感谢，被民警刘小林婉言谢绝。

4 月 30 日 9 时 40 分许，榆社站派出所社城站驻站民警韩建龙，巡线至太焦线 85 公里处时，发现一名 40 多岁的中年男子坐在线路旁抱头哭泣。无论韩建龙问什么，那名男子都不理睬。

韩建龙不急不躁，挨着那名男子坐了下来，耐心地开导劝说。看着和蔼可亲的民警，那名男子在抽泣中讲述了自己的不幸遭遇。

原来，这名男子叫张晋德，时年 40 岁，家住山西省晋城市郊区，他在 2007 年因一起交通事故导致右腿残疾，而肇事司机在赔偿 2 万元后不再负担其任何费用。

两年来，张晋德一边四处求医，一边上访告状，近日他去太原看病，准备返回晋城时，由于身上带的钱花光了，只好靠乞讨徒步往回走。当他拖着残疾的右腿走到铁路边后，想到自己的不幸遭遇，于是坐在铁路边抱头痛哭。

听完张晋德不幸的遭遇，民警韩建龙也流下了同情的眼泪。他耐心劝说张晋德要克服眼前的困难，重新树立起生活的信心。

在韩建龙的劝导下，张晋德终于停止了哭泣。随后，韩建龙搀扶着张晋德来到社城站候车室，自己掏钱为张晋德买来方便面和矿泉水，还有一张去往晋城的火车票。

当 8171 次列车进站后，韩建龙搀扶着张晋德上了火车，为其找好座位，并把他托付给列车员照顾。

终于踏上回家的列车，张晋德看着为自己忙前忙后的民警韩建龙，感激地说道："韩警官，谢谢你，你放心吧，我一定好好活着，因为你让我有了活下去的信心！"

4 月 28 日 16 时 30 分许，在太原开往杭州的 1584 次列车上，值乘该次列车的太原乘警支队乘警长张宝元，巡视至 16 号车厢时，一位眉头紧锁的女旅客慌慌张张地向他走来，焦急地说道："我家住辽宁省开原市，准备到徐州探望朋友，从太原站上车时，我随身带着一个红色双肩背包，可刚才我准备从包内拿食品时，才发现包内不是我的东西，我的包肯定被别人拿错了，包里放着我的衣服、证件和现金等物品。"

这名乘客叫张晓平，听完她的诉说，乘警长张宝元也感到很着急，此时，列车已经运行了 8 个小时，他一边立即安排乘警郭志华在车厢内的行李架上、过道中和座位下等处逐一搜寻，一边对张晓平及周边旅客进行访问了解，寻找线索。

就在这时，运城站派出所给张晓平的手机打来电话，告知她的红色双肩背包在运城站派出所。

原来，张晓平在太原站进站口过安检仪时，恰好前面有一名旅客也背着一个相同的红色双肩背包，两个相同的背包放在一起，张晓平急于赶车没来得及分辨，结果拿错了背包。

那名旅客上了另一趟车，在运城站下车后，发现拿错了背包，于是报告了运城站派出所。派出所从包内物品中找到了张晓平的电话号码，于是给张晓平打来电话。

得知这个消息，乘警长张宝元也很高兴。他当即与运城站派出所商定，由张晓平在返回太原后，亲自到运城站派出所与那名旅客换回背包。

终于知道了自己背包的下落，张晓平对乘警长张宝元和乘警郭志华连声道谢。

乘警长张宝元微笑着说道："这是我们每名铁路警察应该做的，有什么困难你随时可以找我们帮忙。"

本书主要参考资料

《中国节典：四大传统节日》刘魁立编写 安徽教育出版社

《节假日出行行为特征分析研究》李婧著 北京交通大学硕士论文

《"黄金周"的消费效应的实证研究》冯福著 西南财经大学硕士论文

《中国"黄金周"的政策效应研究》杨劲松著 中国社会科学院博士论文